Bärlauchzeit

Bärlauchzeit

Von Günte S. Gersz

Bibliografische Information der Deutschen Nationalbibliothek.
Die Deutsche Nationalbibliothek verzeichnet diese Publikation
in der Deutschen Nationalbibliografie, detaillierte bibliografische
Daten sind im Internet über http://dnb.dnb.de abrufbar.

Herstellung und Verlag
BoD – Books on Demand, Norderstedt

ISBN: 978-3-7494-6819-5

Kaffee

Bier

Würzen mit Kräutern

Kaffee

Die Bahn. Morgens

Der wirbelnde, zugige Luftdruck verwandelte sich im Sommermorgenlicht in einen kühlen Sturm. Nach der durchwachten Nacht wehte er in die vielen Kleideröffnungen, bis auf die sich erfrischend zusammenziehende Haut. Meine Augen tränten, sodass ich mich in die Fahrtrichtung drehte.

Der einfahrende Zug hatte die Geschwindigkeit reduziert und ich erkannte die Ausstattung der einrollenden Waggons. Den Wagen, der da eine Länge weiter vorn, im Bereich des Buchstaben D zum Stehen kam, identifizierte ich als einen alt aussehenden 1. Klasse Waggon. Er ersetzte wohl einen noch Älteren der 2. Klasse.

Der frühe Samstagmorgen ließ mir die Zeit, mich zwischen den nicht zahlreichen, einstiegbereiten Fahrgästen, zu diesem Wagen zu bewegen. Ich erwartete dort einen großzügigen Sitzplatz. Durch seine direkte Ankoppelung an den Speisewagen schien er, für mein dringend nachzuholendes Frühstück, als idealer Reiseplatz geeignet.

Die nervende Möglichkeit, rüttelnde und stoßende Radbewegungen mitzuerleben, umging ich mit einem Platz in der Mitte des Waggons. Auf dem einen Fensterplatz, in dem Abteil vor der Großraumsektion, saß ein Mitreisender in meinem Alter. Telefonierend lehnte er in seinem Sitz. Er schaute auf das Anlaufen der vorbeieilenden Stadtlandschaft, ohne mich beim Eintreten und Grüßen zu beachten.

Eine Viertelstunde später breitete ich, als an den Fenstern der Harburger Bahnhof vorbeirauschte, auf meinem Sitzplatztablett zwei heiße Pappbecher mit Kaffee und das in einem dreieckigen Plastikbehälter bereitete Käse – Schinken – Ei – Sandwich aus. Daneben fanden die, in der rechten Jackentasche mitgebrachten, weißen Papierservietten ihren Platz. Mit ihrer hellen, etwas zerknüllten Frische, werteten sie die Dürftigkeit des Frühstückes ein wenig auf.

Meine Finger hebelten die Lasche der Essenspackung aus ihrem Verschluss. Dazu bewegte sich neben mir dynamisch die Schiebetür des Abteils. In Erwartung des Zugbegleiters nestelte ich an dem Ort meiner Kreditkarte, um zur Aufforderung: "Die Fahrkarten! Bitte!", die passende Antwort auf die Störung bereit zu haben. Die Bewegungen zeigten sich umfassender, als wie es eine Person zu schaffen vermochte und da mein Blick noch immer auf mein Frühstück gerichtet war, sah ich die vielen behosten Beine, welche sich in das Abteil drängelten.

Eine offensichtlich fünfköpfige Familie füllte das ganze Abteil aus. An der Spitze, fast am Fenster, ein Mann mit einem Reservierungsbon in der Hand. Dieser Mann hatte die Anwandlung zu glauben, als säßen wir zwei auf nicht kenntlich gemachten, reservierten Plätzen. Obwohl ich, wobei ich annahm, mein Begleiter hätte dergleichen ebenso gehandelt, einen möglichen Reservierungshinweis vor dem Eintritt bemerkt hätte. Auch hörten wir nach dem Start des Zuges, aus den Lautsprechern darüber keine Durchsage der Zugbegleitung, über etwaige an diesem Tag vorhandene Reservierungsprobleme.

Die Gruppe unterhielt sich offensichtlich in einer skandinavischen Sprache. Mit ihrer Masse, die sich an alles schob, was im Bereich ihrer Beine war, gaben sie mir das Gefühl bedrängt zu werden. Ich schützte mit meinen beiden Händen, den Inhalt der Becher vor der unerwünschten Begegnung mit der alten, velourbezogenen Umgebung, auf der ich saß. Der unverständliche Sprachlärm schwoll an. Sie versuchten, ihr Gepäck in das Abteil zu ziehen und stellten fest: Die fünfköpfige Familie, die zwei sitzenden Männer im

Abteil und das Gepäck. Alles zusammen passte nicht in das Abteil mit den fünf Plätzen.

Der Vater und ein Sohn stürzten wieder auf den Gang hinaus. Ich sah nicht mehr nur Beine und Hüften vor meinen Augen. Der Alte, wie ich erkennen konnte, schaute mit einem Gesicht, das mir reine Hilflosigkeit zeigte, auf die leeren Reservierungstafeln. Sein Sohn schob indessen die restlichen rucksackartigen Gepäckstücke auf den von Beiden freigemachten Platz.

Der telefonierende Mitreisende unterbrach hilfsbereit sein Gespräch: "Have you a Problem?"

Dem Angebot stand ich nicht nach: "Can I help you?"

Unsere Fragen, das ganze Angebot war ihnen wohl zu dürftig. Die Gruppe reagierte nicht mit einer Antwort.

Das skandinavische Geschnatter verstärkte sich in der Lautstärke mit den Drei im Abteil gebliebenen und ihrem Verlangen, dass die Außenstehenden keine Silbe verpassen dürften. Das Gepäck wurde, ohne weitere Rücksichtnahme auf uns, durch das Abteil nach oben geschleudert. Mir verblieb nur, die Beine aneinanderzupressen, den Oberkörper in den Sitz gedrückt, mit der Hoffnung, keines der Gepäckstücke möge auf dem Weg hoch zu den Ablagen, meine Hände mit dem Frühstück vom Tablett schmeißen.

Vater und Sohn versuchten weiterhin eine Übereinstimmung zwischen Reservierungsbon und der leeren Tafel, neben der Abteiltür zu finden. Das Papier in der Hand des Vaters, benutzte der auch noch als stimmlose Aufforderung gegen uns.

Die Mutter drängelte sich auf den Gang und versuchte nun, ihrem Mann zu zeigen, wie man die nicht vorhandene Reservierung auf dem Schild und ihrer Bestätigung miteinander verbinden kann. Sie warfen sich viele laute Worte zu, dann sah ich den Mann nicht mehr.

Von allen Begebenheiten war diese Situation nicht das, was ich mit der Unternehmung einer Zugreise an Bequemlichkeit zu erwarten hoffte: Die Sitzplätze in dem großzügigen Waggon neben mir sind und bleiben unbesetzt.

Die Fahrbewegungen des Gefährts geben an den Gast nur ein leichtes Schaukeln weiter. Es gibt kein Rütteln, Schwanken und Quietschen, welches die Augen von etwas Wichtigem losreißen. Einen vorzüglichen Lokomotivführer wünsche ich mir, der mit der sensiblen Bedienung seines Gefährtes das Bremsen und die Beschleunigung uns Fahrgäste nicht spüren lässt.

Die Pünktlichkeit möge so sein, dass sich der Zugführer niemals, mit der Überreichung eines Gutscheines, für eine mehr als dreissigminütige oder längere Verspätung am Aussteigebahnhof entschuldigt.

Dann natürlich die charmante Mitfahrerin. Die nach Laune der Gelegenheit Rot, Schwarz, Blond, oder einfach nur Dasein möge.

Oder:

Als der Reisende sitze ich müde in der Bahn. Er liest erst in einer Zeitung, dann in seiner Reiselektüre, bis er sich mehrmals in das Polster lehnen und zufrieden in der seitlichen Kopfstütze den Halt findet, um endlich hinwegzuschlummern und in dem Wirrwarr der Geräusche, die Träume zu erleben, die so aufregend sind, dass sie den Schlaf unterbrechen und er in der müden Wachheit mehr Vergnügen findet. Wobei doch die vertrauten Strecken, immer zu den verschiedensten Tages – und Jahreszeiten, in jeglicher Wachheitsphase neu zu entdecken sind.

In der Zwischenzeit überkam den Vater mit Erfolg der Gedanke, die Wagennummer zu kontrollieren. Und er hatte Recht damit. Der Spuk löste sich, noch nicht einmal nach zwei Minuten, ohne weitere Worte auf und wir beide waren wieder allein.

Ich konnte mich zurücklehnen. Verschnaufen, ohne mich angestrengt zu haben. Den Blick vom leeren Gang lösen, mit neuer Vorfreude auf das aufnahmebereite Frühstücksgericht lenken und dann aufgerichtet im Sitz zu verharren. So wie in der Kaffeewerbung die Superfrau souverän und entspannt auf dem Achterdeck passend bemerkt:

"Es möge Alles so bleiben, wie es ist!"

Der Tanzkurs

Seit einigen Tagen spürte er schon diesen Schmerz. In der Muskulatur am rechten Schulterblatt, der ihn peinigte und den er bis in den untersten Bereich der Rippen hinab, großflächig fühlte. Gleich, nachdem er sich morgens von der Schlafstätte schob, zeigte die Pein ihre unangenehme Anwesenheit. Wie auf Stelzen stolzierte er mit ihr den ersten morgendlichen Gang zur Toilette und dann zur Kaffeemaschine.

Mit steifen Bewegungen stellte er die Zutaten für den Morgenkaffee auf die Arbeitsplatte. Ihn zu brühen, fiel ihm schwer, da der angespannte Rücken nichts Geschmeidiges in seinem Körper zuließ und die Finger so steif waren, wie die restlichen Glieder. Gut, dass ich gestern Abend den Filter einlegte und das Wasser für sechs Tassen in den Wasserbehälter goss, so ähnlich dachte er, als seine zittrigen Finger das Kaffeepulver in den Filter schütteten. Der rechte Daumen presste mit dem Zeigefinger den Stiel des Portionslöffels kräftiger zusammen. Seine Finger fühlten sich an, als ob der kleine Löffel in der Hand zu groß wäre, um den acht Gramm schweren Inhalt sicher in die Öffnung des Kaffeefilters zu schütten.

Endlich drückte er den Schalter und setzte den Brühvorgang in Gang.

Bis zum ersten Zerplatzen der Kaffeetropfen in der Glaskanne, hörte er dem Blubbern der Maschine zu. Erneut ließ ihn seine Schulter leiden. Um den Schmerz zu bekämpfen, versuchte er die beiden Gelenke anzuspannen. Sein Körper verlor das Gleichgewicht und er tänzelte zu seiner Stabilisierung auf den weißen Küchenfliesen. Die Fußsohlen spürten kleine Widerstände als er automatisch Cha-Cha-Cha Schritte ausführte. Während er an sich hinunterschaute, erblickten seine Augen rund um die nackten Füße unzählige Kaffeekrümel, auch auf der marmorfarbenen Arbeitsplatte sah er, überall auf dem Dekor verstreutes Kaffeemehl.

"Scheiße!" Weil er leise sein Unbehagen aussprach, zischte die zweite Silbe betont gefährlich. Seine Füße bewegten sich weiter auseinander.

"Scheiße! Überall diese Scheißkrümel!"

Die Füße tänzelten jetzt mit Boogie ähnlichen Tanzschritten über den Boden und es schien ihm, die Anzahl der Krümel würden sich rapide vervielfältigen. Sein Ärger intensivierte sich. Er setzte sich auf den Küchenhocker, rieb erst den linken Fuß und dann den anderen von den Krümeln frei. Fast wie eine Ballerina stelzte er auf den krümelfreien Fußbodenflecken hinaus in den Flur.

Aus dem Hauswirtschaftsraum holte er sich den Staubsauger, auf dem Rückweg zur Küche hielt er sein Ohr an die Schlafzimmertür, in der Hoffnung, ruhige Atemzüge durch den, lange für ihn verschlossenen Einlass zu hören. Es schien so, als koche er den Kaffee für sich allein.

Jens schob den Stecker in die Steckdose. In der Bewegung zum Einschalter hielt er inne. Er entschloss sich für die Reinigung mit weniger Lärmerzeugung. Den Staubsauger tauschte er gegen ein gleichwertiges Gerät um. Mit Handbesen und Kehrblech entfernte er die feine krümelige Verschmutzung.

Endlich fand er die Zeit, sich an den Frühstückstisch zu

setzen. Er goss sich einen Kaffee ein und wartete darauf, dass er irgendwann nicht allein kaffeedurstig sein würde. Trinken mochte er jetzt nicht. Verlockend sah der Kaffee schon aus, aber verlockender schien ihm seine wartende Betthälfte zu sein.

Diese Hälfte am Fenster verbarrikadierte sich vor ihm durch seinen eigenen selbst gewählten Auszug aus dem Schlafzimmer. Im Grunde, drehte es sich nur um eine Nichtigkeit. Eine große Nichtigkeit zwar, dennoch eine Nichtigkeit. Aber an dem Abend war es für die Anwesenden eine irre Aktion, die sie beide in dem Ballroom aufführten.

Dieser blöde Tanzkurs und der bis zur Peinlichkeit herangewachsene Wortstreit um ihre Position auf der Tanzfläche. Als sie dann von Pablo vor die Tür gesetzt wurden, dessen Stimme vom souveränen Tanzlehrer zur kreischenden Xanthippe mutierte: "Ihr seid wie Mädchen. Sowas von Mädchen!", kreischte er hinter ihnen her: "Wie zwei dumme weiße ... ."

Mehr hörten sie nicht, denn sie setzten ihren Streit fort. Bis zum Auto. Im Auto. Und weiter und weiter fort.

Und wegen diesem Ärger lag er jede Nacht durch Schmerzen gequält, getrennt vom Allerbesten, mit dem er zusammenlebt, auf dem Sofa im Wohnzimmer.

Deshalb die Schmerzen.

"Mein Gott!", eiferte sich Jens: "Soll er doch führen. Dieser Macho! Soll er doch!"

Leise stand Jens auf und schlich sich, jeden Lärm vermeidend, in das Schlafzimmer zum schlafenden Ingo.

Bier

Zum Frosch und der Königsschluck

Wir machten uns fein.

In einer feierlichen Aufgeregtheit, so dass der Hund dachte, er dürfe nicht mit. Demonstrativ klebte er mit seinem Rücken vor der Wohnungstür, um uns zu zeigen, dass man das arme Lebewesen, mit diesem wahrhaft traurigen Blick, unmöglich in dieser Wohnung, allein mit der Katze, zurücklassen darf.

Er durfte mit und wir gingen zu Fuß. Die Treppen hinab, über die Kreuzung an der Scherdelbrauerei vorbei, einen kleinen Umweg wagend, rechts in den Sigmundgraben hinein. Wir waren überpünktlich und es blieb etwas Zeit, um unseren Termin rechtzeitig, eine halbe Stunde nach Mittag, einzuhalten.

Unser Gespräch erlahmte, seit der Beratschlagung um den Sinn dieser Wegänderung. Schließlich bewegten wir uns schweigsam auf dem Gehsteig unseres weitläufigen Umweges.

Meine Gedanken lösten sich aus unserer Gruppe: >Warum gehen wir diese öde Straße?<

Zu meiner guten Laune passten diese Erwägungen jedoch nicht. So fanden sich die Gedanken, während ihrer Wanderung durch die kleine Hofer Welt, schnell bei dem geplanten Verlauf unserer Unternehmung. Bei dem wichtigen Punkt der Bestellung: Ordere ich ein großes oder ein kleines Bier. Und hier war auch der feste Punkt für meine schweifenden Gedanken: Plötzlich berührte mich Philippe Delerms Theorie über den ersten Schluck Bier: Den Königsschluck!

Ich kenne viele Arten, mit denen ich das erste Glas Bier

anzutrinken vermag.

Unter den Arkaden schaue ich mir das gut gezapfte Bier, mit gezähmter Ungeduld und wie ich meine, aber nicht zu sehen vermag, mit strahlenden Augen gründlich an. Die riesige Blume zieht die Nasenspitze heran. Sie pflügt durch den Schaum und schafft einen kleinen Spalt, um die herbe Köstlichkeit aus dem Glas zu saugen. Den dankenden Blick an den zusehenden Wirt, beantwortet der mit einem breiten, lachenden Mund, verständnisvoll strahlenden Augen, die in diesem Moment den meinen ähneln. Der erste Schluck: Ein Königsschluck.

"Ich trinke ein großes Bier zum Essen!", meldete ich mich, nach vielen Metern, kurz bevor wir an der nächsten Straßenkreuzung eine erneute Änderung unserer Richtung vornehmen wollten, in die Gruppe zurück.

"Ein kleines nehme ich auch", antwortete meine Begleiterin, passend zu den weiteren Überlegungen: Schmeckt denn gleich, auf dem braunen Sitz im Restaurant der zweite Schluck ebenso gut wie der erste? Weil ich es möchte? Vielleicht!

Oder verschwindet er im Tagesgespräch, oder ist es Routine des stetigen Greifens zum Glas, mit dem sicheren Schlucken der feinen, begehrten Flüssigkeit, die aus diesem Füllhorn sprudelt und keinen Platz lässt für einen Schluck, der nicht den Premierenrang besitzt?

In der Sportsbar gibt es Bier während der Fußball Übertragung. Hier existiert sowieso kein zweiter Schluck. Nach jeder glänzenden, freudig begrüßten Aktion der eigenen Mannschaft und auch im Anschluss eines unerfreulichen Spielverlaufes, bringt der stets folgende Griff zum Glas Bier, immer einen ersten Schluck hervor. Aber gedankenlos. Jeder Schluck wird automatisch zu sich genommen.

Bier auf einer Reise im Auto: Die belächelte Biermarke aus dem Süden der grenzenlosen Union. Es ist heiß im Auto. Wir stoppen oft an der Station am Wegesrand. Ein Henkelglas mit einem halben Liter steht rasch auf dem Tisch. Nur ein Schluck. Königsschluck?

Es gibt die Terrasse des Wassertores. Hier habe ich die Möglichkeit auf zwei Schlepper zu schauen. Die Chiquita Skandinavia wird von ihnen in das Dock bugsiert. Nahe an der lokalen Brauerei schmeckt das von weither eingeführte sauerländische Bier fremd. Ich habe es bestellt. Deshalb schlucke ich es. Eigentlich wegen der Sonne. Nicht einmal der erste Schluck ist ein Königsschluck.

Wir waren endlich angekommen.

Es gibt keinen wohlschmeckenderen Aperitif, als die Vorfreude auf das fränkische Schäufele. Der Wunsch, der zur gemeinsamen Essensbestellung führte.

".. und zwei Bier bitte!", schloss ich souverän unsere Anweisungen ab.

Und dann hauchte ich: "Für mich ein Großes", zugleich gierig hinterher.

Zum fränkischen Essen mundet nur, das die Geschmacksnerven umschmeichelnde fränkische Bier. Die Klöß, die Soß, der Braten! - Jeder Bissen passt und schmeckt. Jeder Schluck Bier nach dem Bissen passt und schmeckt. Der zweite Schluck schmeckt wie der erste Schluck.

Zum guten Essen im Frosch, zum guten Essen in den fränkischen Restaurants, schmeckt der Schluck Bier. Aus dem Fass, aus der Flasche, im eigenen Garten und im Biergarten: Ausnahmslos jeder Schluck schmeckt. Der Königsschluck in Franken ist dank des Essens jeder Schluck.

Das Land liegt weit, viel zu weit von der Nordsee entfernt. In diesen Momenten ist es schade, dass ich die Augenblicke, den Schluck, den Königsschluck mit dem passenden Braten nicht zu konservieren vermag.

Und so bleibt mir nur die Sehnsucht nach der Ferne! Nach dem Königsschluck! Ich werde sie genießen, die Sehnsucht. Denn zwischendurch, bleibt mir zu dem Ausleben der Sehnsucht, als Vergnügen nichts anderes übrig, als Philippe Delerms Theorie weiterhin zu überprüfen und mich frohgemut durch die restliche Welt zu degustieren. Auf der Suche nach dem Königsschluck.

Wo is mein Bier?

Schwappend füllt der erste Schluck seinen Rachenraum. Die Oberlippe überzieht sich, bis hinauf auf die tagesmüde Gesichtshaut mit zerplatzendem Schaum. Herr Tracht hält den Moment, in dem er das Bier fühlt, wie es sich geschmeidig im Körper hinabstürzt, die Augen geschlossen. Dann schaut er auf sein Bierglas und bemerkt, dass er in seinem Genuss nicht allein ist. Er wird von dem wässerigen blitzenden Fluss und noch mehr, von der wohlwollenden Zustimmung, aus den ihn anstrahlenden Augen seines Thekennachbars begrüßt.

Dessen geöffneten, mit feuchter Haut umgebenen Lippen, erweitern sich zum Sprechansatz. Seine Ausführung jedoch, egal, was es bedeuten könnte, will Herr Tracht nicht hören. Herrn Trachts abweisende Körperdrehung hin zum Tresen, das laute Abstellen des Glases, der sich mit einem Lidschlag senkende Blick, der von den ausgetretenen schmuddeligen Turnschuhen seines Nachbarn angezogen wird, vermag die Worte jedoch nicht abzuwehren.

"Sie! - Die müssen se mal teern!", entschuldigt Micha scherzhaft Herrn Trachts Blick, den er sogar unterstützt, indem er sich selbst anspricht und dabei seine billigen, verdreckten Turnschuhe betrachtet: "Da kommt ja schon das Weiße durch!"

An Michas Schuhen anfangend, über den dunkelblauen, den Geruch von Altöl und Arbeit ausstrahlenden Baumwollfaserstoff der Latzhose hinweg, schaut Herr Tracht hinauf auf den feisten Bauch des Sprechers. Der sagt ihm, durch das prall spannende T-Shirt, das Alamo im Southern Part of Texas liegt. Herr Tracht ist nicht gewillt, dieses ihm seit Langem bekannte, dicke stoppelige rotverquollene Gesicht ebenfalls zu siezen. Das ihm der Pächter dieser Gaststätte vor Zeiten als trunkenen Kneipenclown: "... den besoffenen Tankwart kennst du ja ...", vorstellte.

-Warst du schon mal im Alamo? - so wäre es möglich, so würde eine Frage lauten, mit der er sich dem Kneipenumfeld ergeben zeigen würde. Micha jedoch lenkt Herrn Trachts Liebenswürdigkeit in eine andere Richtung.

"Ich hab mich nich rasiert." Er überfällt mit einem eigenen Gedankensprung Herrn Trachts nicht ausgesprochene Höflichkeit, um sich sofort abzuwenden und sich mit strahlendem Kopfdrehen der sehr schönen Frau hinter dem Tresen zu zeigen, dass er, wenn er auch mit jemand anderem spricht, sich eigentlich nur ihr widmet.

Diese persönliche Nähe, hatte Herr Tracht seinem beinahe Gesprächspartner gegenüber, noch nie inne. Durch diese nahen Beobachtungen, weiß er, dass derselbe Grund sie beide hier an die lange eichene bauchhohe Barriere, mit dem massiven Blatt zusammenführte. Der Antrieb nämlich, der Micha in diesem Moment auf sein angegrautes Oberteil starrt. Es ist Sarah, die ihnen auf dem trennenden Tresen, die Pappen mit den darauf stehenden vollen Gläsern zuschiebt.

Nur wegen Sarah stehen sie beide hier. Herr Tracht schaut sie über den Tresen hinweg an, in ihrem erwidernden Blick liest er eine stumme entschuldigende Geste. Die er dann auch, als ihr Blick mit einem Augenaufschlag wieder auf Micha ruht und ein tiefer

Atemzug ihre halb freigelegten Rundungen schwellen lässt, als unterdrücktes Missfallen deutet.

Hinter den Zapfhähnen, aus denen je nach Bedarf, links, König Bier für Herrn Tracht und aus dem anderen, das von Micha getrunkene Engelhardt gezapft werden kann, steht an manchem Frühabend Sarah. Für Micha, der sich in den Augenblicken in ihrer Nähe als einer der Hauptdarsteller in diesem Umfeld fühlt, ist sie natürlich die allerwichtigste Person. Nicht nur weil sie ihm die Gläser füllt.

Für Herrn Tracht, wenn er seine Anwesenheit im Lokal selbstkritisch betrachtet, eigentlich auch. Denn Sarah verzückt beide Männer und ihretwegen bleiben sie eben gern ein wenig länger vor dem Tresen stehen. Nicht, dass Herr Tracht ihr verfallen könnte, so wie es von Micha bekannt ist, wenn er denn dürfte, sie anzuhimmeln. Micha, der hier im Lokal an sich erlebt, dass für ihn als Person kein Anhimmeln existiert, er aber bei Sarahs Anwesenheit dieses Lokal unter keinen Umständen vor erreichen der Volltrunkenheit verlassen wird. Der bis auf einige, plumpe vertraute Zuneigungsäußerungen ihr gegenüber nicht weiter an sie herankommt, als dass ihre schmalen, immer gebräunten Hände sein geleertes Bierglas spülen und mit dem gelben Starkmacher aufschäumen.

Falls es überhaupt für jemanden wichtig wäre, sich in diesem Kneipenumfeld mit fremden Zuneigungen zu beschäftigen, die man hier mit der Zapferin in Verbindung bringt: Sarah liebt im Moment einen glutäugigen Mann, der seinem Aussehen nach zu ihrem Namen passt, der sich zu jeder Tageszeit in der Öffentlichkeit mit einem Palästinensertuch kleidet.

Sarahs Augen liegen wieder auf Michas T-Shirt. Ihre Nasenflügel beben, anscheinend in der Wolke des von ihm ausgehenden und über die Zapfanlage hinweg wehenden Geruches. Dessen Herkunft Herr Tracht, dank seiner Nähe zu Micha, auf die Beinbekleidung schiebt. Sarahs Augen, offensichtlich den Stoff auf dem schwammigen Oberkörper als Ursprung des Übelriechenden annehmen. Herr Tracht möchte nicht, dass seine Meinung, mit der Entscheidung, den Ursprung des Gestankes auf die Hose zu schieben, dass diese Ansicht hier in vorderster Linie, nur zu Sarahs Verständnis, allen Zuhörenden eröffnet wird. Er bleibt still.

Micha wird es egal sein, ob er stinkt und wie er stinkt: Wenn es stinkt! Dann stinkt es! So würde er die von seiner Arbeitsstelle, der Tankstelle, die vor der Stadtautobahnauffahrt, an der vom Schloss heranführenden Straße an der rechten Seite liegt, nach Feierabend nicht gewechselte Arbeitskleidung, als Beweis ausgiebig und selbstbewusst zur Schau stellen.

Außer einigen Ausnahmen, wie heute, besucht Micha wie an manchem anderen Tag, nur zufällig diesen Tresenraum auf seinem unsteten Gang durch die vielen Kneipen des Viertels. Regelmäßig dagegen präsentiert er sich bei seinen Auftritten in dieser Kneipe in einem stark angetrunkenen Zustand. Es ist niemals ersichtlich, wo er zuvor die Menge an Alkohol zu sich nahm. Denn hier trinkt er, vorausgesetzt Sarah bedient an dem Tag nicht die Gäste, meist nur zwei Bier: "Aufn Deckel", wie er bestimmend zur Bedienung sagt, was an diesem Tag noch nicht passierte. Obwohl er schon während Herrn Trachts Anwesenheit zügig das dritte Bier in einem

Henkelglas von Sarah überreicht bekam.

Herr Schrotmann betritt das Lokal. Ohne Herrn Tracht und Micha zu beachten, stellt er sich hinter sie, in die zweite Reihe an den Tresen. Er beugt sich zwischen den beiden etwas Zurückweichenden hindurch hin zur aufmerksamen Sarah: "N´abend. Mach mir mal ne Selters!"

"Wie macht man die? Einfach auf! - Wa?", drängt Micha auch ihm ein Gespräch auf. Worauf er als Antwort noch nicht einmal ein Zucken im Gesicht des Angesprochenen erfährt. Hinter den sich in den Gastraum wendenden Selterstrinker murmelt Micha für sich, aber doch für Herrn Tracht hörbar: "Der is wohl was Besseres. Dieser Herr Elektromeister!"

Michas Laune hat sich ein wenig verändert. Ohne Lächeln, mit gespannter Stirnhaut stiert er, dabei dreht er sich, mit ruckartigem Kopfschwenken, auf dem Barhocker fast in eine komplette Runde, auf die sitzenden Gäste. Er spart dabei Sarah und Herrn Tracht mit seinen Blicken aus.

Trotzdem, die quirlige Nähe wird Herrn Tracht unangenehm. Er benutzt Michas kurze Abwesenheit, die der in den hinteren Räumen der Kneipe verbringt, um mit dem Bierglas in der Hand, unter der er den Deckel mit den Strichen klemmt, seinen Platz zu wechseln, wofür er durch Sarahs verständnisvollen Augenbrauen ihre Zustimmung erhält.

Herr Tracht nimmt den Platz auf der Bank an dem rechten Winkel des Tresens ein. Mit dem großen Fenster im Rücken und auf dem Podest weit entfernt von Micha sitzend, besetzt er jetzt einen besseren, neutraleren Beobachtungspunkt. Aber noch immer steht Micha für ihn im Mittelpunkt, denn der setzt sich als Blickfang sogar gegen Sarah durch. Diese Attraktionen bleiben Herrn Tracht vor seinen Augen erhalten und ihm wird auf diesem Logenplatz sein umfangreiches Wissen um Michas Lebensumstände bewusst.

"Comic", sagte mal jemand. Es war an dem Tag als Micha ausschweifend von seinem kombinierten Barkeeper-Diskjockey-Job erzählte. Oder war es "Komik?" Herr Tracht weiß es nicht mehr so genau.

Auch an dem einen Abend, der ganz von einer Aktion Michas ausgefüllt wurde, an dem Herr Tracht Micha als besoffenen Störenfried empfand. Eine mehrminütige Abwesenheit des Wirtes benutzte Micha, um einen Stapel mitgebrachter Singles in der Musikbox zu platzieren und im Anschluss dieser Aktion mit dem Wirt, der seine Wurlitzer 2100 lieber selbst bestückt, zum Vergnügen vieler der anwesenden Gäste, auf einen lang andauernden Streit wegen der Entfernung der Scheiben einzulassen. Seit diesem Abend hat die Schallplatte, in der Micha, der den Farbfilm vergaß, besungen wird, ihren festen Platz in der Musikbox eingenommen.

Und dann gibt es noch, oder gab es sie, Herr Tracht weiß es nicht, diese ebenfalls stetig betrunkene Blondine. Die weiß gekleidet mit knallroten Accessoires, zu deren Farben die grelle Schminke passt, etliche Male neben Micha ihren schrillen Auftritt genoss. Sie hat bei ihren Auftritten einen kleinen Hund an der Leine: "Vorsicht! - Der lässt sich streicheln. - Aber er ist unberechenbar - Irgendwann beißt er!"

Herrn Trachts Gedankenspiele beschäftigen sich jetzt tatsächlich mehr mit Micha, der ihn auf seinem neuen

Platz wahrnimmt und ihm zuprostet, als die mit der Nähe zur schönen Zapferin. Deren Aufmerksamkeit muss Micha nicht mit Herrn Tracht teilen, weil die Trinkgeschwindigkeiten, durch die Micha Sarahs Zeit öfter genießt, an Dauer, wie lang auch immer, nicht vergleichbar sind.

Herr Tracht beschließt, kein neues gezapftes Bier mehr zu bestellen. Er trinkt schluckweise, in einer Schnelligkeit, sodass die Flüssigkeit vor ihm rein gelb aussieht und von dem sonst auch üblich vorhandenen Weiß, nur ein Hauch eingetrocknet an der Innenwand klebt.

Eine raumgreifende Bewegung lenkt seinen Blick wieder auf Micha. Denn plötzlich steht der am Musikautomaten. Mit der linken Hand stützt er sich auf den Automaten, den Kopf hält er schräg auf die Musiktitel gewandt und aus dem erneut gefüllten Glas, führt er sich, die Augen weiterhin auf die angezeigten Titel gerichtet, über seinen linken Mundwinkel kleine Schlucke zu.

Die mechanischen Geräusche in dem Gerät klingen so lang nach, bis Micha wieder am Tresen steht. Sounds of Silence erklingt.

Sarah hält ihre linke Hand am Zapfhahn des Berliner Bieres. Sie schaut auf den sich langsam setzenden Schaum. Micha stützt sich mit seinem linken Unterarm auf den Tresen. Er stellt sich auf die Zehenspitzen und schiebt seinen Oberkörper auf die Platte. Sein Kopf verschwindet auf der von Herrn Tracht abgewandten Seite der Zapfanlage. Herr Tracht sieht nur die glänzenden blonden Haare und so, wie er sich den Rest vorstellt, im Takt einiger Worte wackeln. Sarah hält den

Kopf gebeugt und in ihrer Mundbewegung erkennt Herr Tracht ein Ja als Antwort.

Gleichmütig und konzentriert arbeitet Sarah weiter. Micha lässt sich auf seinen Barhocker zurückfallen und schaut mit verschränkten Oberarmen auf die sich füllenden Biergläser.

Herr Tracht sitzt bequem auf seinem Platz. Er genießt es, dass er sich in die Lage begab, das Thekengeschehen und den größten Teil des Gastraumes zu beobachten. Und dass er auf die Rücken aller hereinkommenden Gäste schaut. So bemerkt er die sich neu anbahnende Situation, die mit dem Eintritt eines Pärchens entsteht.

Rosi, und ein männlicher Begleiter, der sie mit seinem sauberen, schneeweiß eingegipsten linken Unterarm an die Rundung der Vitrine führt, die den Abschluss des Tresens bildet, füllen Herrn Trachts Blickwinkel.

Micha bemerkt die Personen links neben sich. Er dreht mit langsamer Bewegung den Kopf. Herr Tracht beobachtet, dass Micha mit dem Erkennen seiner ehemaligen Gefährtin Rosi zusammenzuckt und sein Blick schnell wieder die auf dem Tropfblech stehenden Biergläser fixiert.

Sarah stellt erneut ein volles Glas auf Michas Deckel. Gelassen sieht es aus, mit großen Schlucken trinkt er aus dem Glas, sodass es prompt wieder zum Füllen bereit ist. Er dreht dem Pärchen den Rücken zu, stützt sich mit dem linken Armgelenk auf den Tresen, schmiegt seine Wange in die Handfläche und sieht unendlich traurig aus.

Herr Tracht hebt sein Glas hoch, Sarah erkennt die Bewegung als Bestellung und nun erwartet er doch noch ein Bier.

Micha hat die Augen geschlossen.

>Micha fühlt sich wohl, wenn er vom Saufen erzählen kann< denkt Herr Tracht: >und niemand darf etwas dagegen sagen, wenn er in den Redepausen ein kleines Nickerchen macht<.

Der Begleiter Rosis zahlt umgehend die Getränke, die ihnen Sarah im Moment servierte. Rosi kippt einen klaren Schnaps in den Mund. Herr Tracht erkennt keine Schluckbewegung. Dem ersten Getränk folgt in großen Zügen, die der Trinkart Michas ähneln, die Leerung ihres Bierglases. Mit ihrem rechten Zeigefinger winkt sie einen Kreis hinüber zu Sarah, die sofort mit der Fertigstellung der beiden Nachfolgegetränke beginnt.

>Das Engelhardt, wird schneller eingeschenkt< stellt Herr Tracht mit dem ersten Schluck Rosis, von dem unter der Schaumkrone hervorgeschlürften Bier fest. Denn Rosi ergreift das von Sarah in knapp einer Minute gezapfte Engelhardt und erneut hingestellte Glas mit sicherem Griff. Sie prostet ihrem Begleiter zu, der zum ersten Mal zu seinem Glas greift.

Der Mittelpunkt von Herrn Trachts Kneipenansicht ist gegenwärtig Rosi. Sie hört mit geneigtem Kopf ihrem leise sprechenden Begleiter zu. Herrn Trachts Gedanken öffnen sich vorsichtig für eine Beurteilung dieser Frau mit dem erneut frisch geleerten Bierglas in der Hand.

Rosi hebt ihren Kopf, dafür bekommt sie einen kurzen Kuss. Dann nimmt sie den vor ihr stehenden Schnaps zu sich. Ihr Begleiter legt Münzen auf das Tresenblatt. Sein heiler Arm führt Rosi in den Gang zwischen Tresen und Gastraum. Rosi geht voraus.

Micha widerfährt sodann der Höhepunkt dieses Abends, den Herr Tracht, der mit Micha in diesen Momenten sehr viel wirkungsloses Mitleid zeigt, äußerst genau beobachtet: Rosi, auf deren langsamen steifen Gang Herr Trachts Augenmerk ruht, erreicht den Eingangsbereich. Etwa einen Meter hinter ihr bemerkt Herr Tracht in den Augenwinkeln eine weiße wischende Bewegung, an deren Ende er einen an die Vitrine gedrängten Micha sieht, der einen erneuten Hieb mit dem Gipsarm, mitten in sein Gesicht erdulden muss.

Mit der linken Hand sucht Micha auf der Tresenplatte nach einem Halt. Sein Henkelglas zersplittert mit weitverspritzender Flüssigkeit vor Sarahs Füßen.

Rosis Begleiter benötigt nur zwei Schritte, um mit seinem rotgefärbten Gipsarm der entschwundenen Begleiterin in die Abwesenheit zu folgen.

"Micha!", klagt Sarahs dunkle Stimme in einem Ton voll schriller Hektik: "Micha! Micha! Was ist denn passiert?"

Auf Michas Brust sammelt sich das aus seinem Gesicht gespritzte und nun herabtropfende Blut. Herr Tracht hört Michas schnelles, blasiges Atmen. Bevor er seinen Platz verlassen kann, bemühen sich schon die ersten Gäste um Michas Versorgung.

Weil Micha sich von Niemandem ansprechen lässt und er mit den nachlassenden Blutungen kaum verständlich wimmernd: "Wer hat mich geschlagen?" Und: "Wo is mein Bier", von sich gibt, verzögern sich die lauten und unsicher anzusehenden Erste-Hilfe-Leistungen.

Der von der Streife herbeigerufene Notarzt vermutet: "Kiefer- und Nasenbeinbruch", und übergibt Micha der Krankenwagenbesatzung. Herr Tracht dient dem Wachtmeister mit seiner Aussage, die er in dem Geschrei und dem lauten hin- und her Gerenne der aufgeregten Gäste, nur mit mehreren Pausen beenden vermag.

Herr Tracht fühlt anschließend Sarahs Augen auf sich ruhen. Er schaut sie an. Ihre Augen ziehen seinen Blick auf das ordentlich, den Platz auf dem Deckel behauptende, noch nicht angetrunkene Bierglas. Er hat das Gefühl, das seine Augen sich im Kopf schütteln. Sarah nimmt das Glas und gießt die Flüssigkeit unsichtbar für Herrn Tracht in den Ausguss.

Würzen mit Kräutern

Bärlauchzeit

Statt Vorwort

Jürgen bemerkte es irgendwann. An diesem Tag begleitete ihn Herr S. in den Kurpark.

Die Musikstücke des kleinen Kurorchesters, präsentierten die Musiker immer als Abfolge operettenhafter Kompositionen. Den beliebtesten Ouvertüren wurde ein bevorzugter Platz im Programm eingeräumt, wobei ein Stück aus dem Repertoire regelmäßig virtuoser dargebracht wurde. Einer der Musiker erhob sich aus der Runde und spielte stehend vor seinen Kollegen als Solist. Jürgen fand Gefallen an dem Auftritt eines hochgewachsenen schlanken Musikers. War die Reihe, das Solo zu spielen an ihm, erhob er sich langsam und in großem Schwung führte er seinen Bogen auf die Saiten der Violine. Gepflegt aussehende Lackschuhe glänzten wie sein Haar. Jürgen wackelte auf der Sitzfläche des Rollstuhls. Seine Hände, eigentlich immer unbeweglich auf den Oberschenkeln liegend, schienen sich hier im Takt zu bewegen.

Auch an diesem Tag bewegten sich Jürgens Hände. Anders. Herr S. verstand das als Hinweis: Der große hochgewachsene schlanke Violinenspieler mit den glänzenden Haaren und seinen Lackschuhen war nicht mehr da.

Verschwunden.

1. Wie Herr Schwarzer statt einem zwei Artikel schreiben kann

Die glatten Kunststoffsohlen schlurfen mehr durch den dünnen Belag, als über die kleinen grau-beigen Kieselchen hinweg. Das Geräusch erzeugt in ihm das Gefühl einer hinterher wehenden Staubfahne. Manfred Schwarzer bereut es, dass ihn sein Weg durch die Parkanlage führt. Obwohl es, für die Erfüllung seiner Aufgabe, ohne ein Taxi zu bestellen, der kürzeste Weg ist, der das Gesundheitszentrum mit dem Geschäftszentrum der kleinen Kurstadt an der Fußgängerzone verbindet, wo er am Ende der Allee im Café Lebenslust erwartet wird, empfindet Herr Schwarzer das eilige, kurvige, zwischen den wandelnden Kurgästen hindurch, anstrengende Dahinschreiten zur Wahrnehmung seiner Termine als harte Arbeit.

Endlich steht er in Ballwurfweite vor dem Lokal. Während er versucht, sich mit dem rechten Handrücken die Stirn trocken zu wischen, sieht er, dass er der Ahnung von einer Staubfahne recht geben muss. Seine Schuhe haben sich mit einem hellen Staubschleier belegt. Aus der rechten Hosentasche fummelt er mit Mühe, ein gebrauchtes Papiertaschentuch und beugt sich hinunter. Sofort als er reibt, zerfleddert das Tuch auf der Seite des Druckes. Der Erfolg ist schließlich nur, dass er das ungepflegte, trocken brüchige Leder frei rubbelt und die kleinen spitzen Steinchen durch seine dünnen Sohlen spürt, weil der rechte Fuß, der an dem stützenden Unterschenkel angewinkelt ruht, den Gewichtsanteil des anderen Fußes mitträgt.

Eine weitere derartige Aktion findet Herr Schwarzer

sinnlos. Er richtet sich wieder auf und reibt das Leder an seinen sommerfarbenen Hosenbeinen notdürftig sauber. Einen größeren Erfolg sieht er auch jetzt nicht, aber er versucht, seine Schuhe so positiv zu sehen, dass ihre Oberfläche nicht mehr schmuddelig wirkt. Vorsichtig schreitet er weiter. Die Steinchen, mit ihren pudrigen Anhaftungen, versucht er mit konzentrierten Bewegungen, ohne Staubaufwirbelung unter sich zu lassen. Das schmutzige Taschentuch schmeißt er mitten auf den Gehweg.

"... wie verschwunden?", empfängt ihn, als er an dem Fuß der Gasthausterrasse anlangt, aus einem lauter werdenden Gemurmel heraus, eine befehlende Stimme, die er mit diesen Worten als Erste klar versteht. Herr Schwarzer sieht den Sprecher nicht, aber er weiß die Stimme zuzuordnen, sowie auch den Klang, des ihm bekannten Hüstelns eines anderen, einem zweiten Gesprächspartner.

"Er hat doch einen Vertrag – glaub ich doch - oder war er Gastmusiker?", hört er das für ihn typische Gedankengespräch. Sie klingt so wie immer, wenn diese energische Stimme vom Kurdirektor Spiegel, dessen fast kahler Hinterkopf die Sonne widerspiegelnd in rötlichem Farbton hinter der Balustrade auftaucht, als Herr Schwarzer die fünf Stufen mit zwei Schritten überwindet, zu einem Untergebenen spricht. Vor ihm stehen, wie eine Wegsperre, Herr Räuber und sein Chef der Kurdirektor.

"Ach guten Tag Herr Schwarzer, sie sind ja schon da - wir bleiben auf der Terrasse - da hinten am besten, da sind wir ungestört", begrüßt ihn der Kurdirektor jovial, mit kräftigem Händedruck. Der Stellvertreter des

Kurdirektors, Karl Heinz Räuber, lässt sich auf einen freundschaftlichen Handschlag, mit seinem Duzfreund Schwarzer ein.

"So meine Herren!" Der Kurdirektor legt die naturlederne Aktentasche, die man bei seinen öffentlichen Auftritten wie angewachsen unter dem linken Arm sieht, auf die marmorierte Tischplatte: "Ich habe etwas Neues! - Ganz Kurz - Wir werden unsere Salzquelle nutzen, um Speisesalz herzustellen."
Herr Schwarzer und Herr Räuber sagen nichts. Nicht mal einen Atemzug kann man in der Runde hören und nicht einmal etwas Stoff der Kleidung raschelt.
"Nackel!", lächelt der Kurdirektor in die Runde und entnimmt seiner Tasche einige Papiere.
Auch Herr Räuber lächelt.
"Natriumchlorid! - So sagt man doch. Nackel!" Der Direktor lacht jetzt, triumphierend aussehend mit offenstehenden Mund und Herr Schwarzer fühlt, dass auch sein Mund sich bewegt, aber aus einem ganz anderen Grund offensteht.
"Exquisites Speisesalz!", setzt der Direktor noch einen Begriff hinzu, den er etwas langsam und lauter betont. Er schaut weiterhin lachend, die sehr gute Laune auf seinem Gesicht beibehaltend, auf sein Papier: "Gourmet-Speisesalz! - Natriumchlorid!", sagt er und wiederholt die Silben äußerst langsam: "Nak - kel."
Drei Servicetabletts mit Kaffee, werden von der Pächterin des Cafés, persönlich auf einem großen braunen Pressholztablett und einem freundlichen: "Bitte schön, meine Herren!", herbeigebracht. Sie serviert,

indem sie um den Tisch herumgeht, Herrn Räuber, der mit dem Rücken zur Parkanlage, gegenüber seinen Gesprächspartnern sitzt, die erste Portion. Als nächster bekommt Herr Schwarzer seinen Kaffee. Dann strahlt sie Neugierde aus, als sie das Tablett mit dem Getränk für den Kurdirektor in der Hand behaltend, wie auf eine Einladung zum Dazusetzen wartend, zwischen dem Direktor und Herrn Schwarzer steht. Sofort nachdem Kurdirektor Spiegel, ohne sie anzuschauen seine Tasche beiseiteschiebt und die ersten Worte in die kurze Stille: "Danke! - Danke Frau Busch", sagt, stellt sie das Tablett vor ihm hin, antwortet: "Bitte.", dreht sich um und geht.

"Gourmet-Speisesalz! - Wie es auch sonst heißen möge.", beendet der Kurdirektor endgültig die Unterbrechung. Er öffnet die Tasche und zieht erneut einen mit einer roten Kordel umschlungenen Pappumschlag heraus. Es ist ein prall gefüllt aussehender, grüner Umschlag mit einer Schnur verschnürt, mit handschriftlicher Sütterlinschrift: Kurverwaltung, sowie einigen römischen Ziffern, wie Herr Schwarzer in der Zeit, in der der Umschlag ungeöffnet daliegt, über Kopf lesen kann.

"Wir orientieren uns erst einmal an dem Konzept der alten Anlage." Jetzt löst der Direktor das Band und öffnet die Klappe des Umschlages: "Der Historischen!"

Das Serviertablett stört ihn, er schiebt es beiseite, zieht das Paket mit den Daumen und den Zeigefingern zu sich heran und entnimmt, durch die massige Befüllung etwas mühselig aussehend, eine weitere ebenso prall gefüllte Mappe. Die sieht gebraucht und schmuddelig aus. Die Pappränder sind rundum eingerissen.

Grau muss die ursprüngliche Farbe gewesen sein – eine

andere Farbe kommt wohl nicht in Frage, denkt sich der um die Geschichte der Papiere wissen wollende Herr Schwarzer.

"Hier habe ich die alte Gebrauchsanweisung, oder besser gesagt, ein Art Protokoll, sozusagen eine historische Herstellungsanleitung der alten Salzsohle!" Die Augen des Direktors scheinen anders zu blitzen, irgendwie triumphierender.

"Ein Schatz!" Er schlägt mit der rechten flachen Hand auf den Ordner. Der staubt ein wenig: "Historisch! Richtig, ehrlich historisch." Sein Blick fixiert sich sekundenlang auf dem Umschlag.

"Sie brauchen sich nichts zu notieren Herr Schwarzer.", wendet er sich an den Journalisten: "Hier! Ich habe etwas vorbereitet. Nehmen sie meine Vorlage!"

Herr Schwarzer nimmt zwei Blätter entgegen und bevor er sie zu überfliegen vermag, spricht der Kurdirektor weiter: "Wichtig wird sein, erstens: Es soll keine Raffinade sein – sondern natürlich gewonnen werden. Ähh ... ." Er schaut auf seine vor ihm liegenden Notizen: "Aus Salz – Ähh Sole soll es gewonnen werden. Es existieren ja noch irgendwelche solche Salinen. In Göttingen. Luisenhall zum Beispiel."

"Und dann Zweitens!" Erneut fixiert er die Augen der beiden Zuhörenden, indem er sein Paar hin und her springen lässt, das dann auf Herrn Schwarzers, wie um die Wichtigkeit der Person hervorzuheben, ruhen bleibt: "Zum Zweiten erwähnen sie bitte!" Er liest jetzt von dem obersten Blatt ab: "Natürliches Salz besitzt über 80 Elemente, welche für die Vitalfunktion des menschlichen Körpers wichtig sind. Beim raffinierten Salz werden bis auf zwei drei, alle Elemente raus gereinigt – und zusätzlich wird es noch mit irgendwelchen Zusätzen angereichert, die auch nicht gesund sind."

Herr Schwarzers Kaffee hat sich in der etwas wärmenden Frühlingssonne bis auf lauwarm hinunter abgekühlt. Er sieht die Neige in Herrn Räubers Tasse, der sein Getränk in der rechten Hand hält und während des Monologs von Seiten des Kurdirektors, sich mit kleinen Schlucken die Flüssigkeit einverleibte. Jetzt blickt er selbst sekundenlang in sein Steingut und leert aus Anstand auch seine letzte Tasse.
"Nun? Was sagen sie?", fragt der Kurdirektor und schaut Herrn Schwarzer an, der sich durch die Frage wieder am Tisch einfindet. Eine Antwort will er offensichtlich nicht wissen, denn er gibt Herrn Schwarzer eine weitere schriftliche Hilfestellung für den Inhalt des Artikels und der Aufmachung, so wie er ihn wunschgemäß in der Wochenendausgabe erwartet.

"Ich weiß nicht, wer oder was verschwunden ist." Herr Schwarzer zeigt sich wissbegierig, als die kleine Gruppe sich am Tisch erhebt: "Ist das wichtig? - Was kann ich darüber schreiben?"
"Ach - einer der ungarischen Musiker scheint verschwunden zu sein", beantwortet Herr Räuber seine Frage.
"Darum brauchen sie sich eigentlich nicht zu kümmern", wimmelt der Direktor Herrn Schwarzer mit seiner Neugierde ab: "Ich glaube das wird sich klären – nehm ich ganz stark an."

"Aber Herr Hollósy, der Trompeter stellte bei der Polizei schon Vermisstenanzeige", mischt sich Herr Räuber wieder ein.

"Ach ja?" Der Kurdirektor scheint überrascht, er startet einen neuen Versuch in die Richtung der Presse: "Aber keine große Aufmachung! - Nur eine kleine Notiz bitte, – Herr Schwarzer", befiehlt er.

"Na, dann hol ich mir die Fakten von der Polizei ... ."

"Lassen sie mal Herr Schwarzer!", wird dieser erneut vom Kurdirektor unterbrochen: "Das wichtige - ähh - an diesem Vorfall, weiss ihnen Herr Räuber zu erzählen. Tauschen sie sich aus. Wir können in solch einer Angelegenheit keine, oder nur gute Nachrichten gebrauchen", wiederholt er seinen Wunsch, wie eine Befürchtung um den guten Ruf des Bades und um gerade diese, vielleicht schwierige Offenlegung, zu vermeiden. Dann reicht er Herrn Schwarzer die Hand: "Ich zähl auf sie."

Der Stellvertreter und der Reporter machen sich auf den Weg, den sie eine kurze Strecke gemeinsam beschreiten werden.

Schon als sie das Lokal durchqueren, um an dessen Eingang an der Fußgängerzone in die Stadt einzutauchen, beginnt Herr Räuber seine Beschreibung des anscheinend lästigen Vorganges: "Eigentlich ist diese Sache ziemlich mysteriös."

Sie bleiben an der Tür stehen. Herr Schwarzer folgt damit den Bewegungen seines Gesprächspartners. Der entnimmt seiner Aktentasche einen Merker, darin blättert er und schlägt ein gefaltetes DIN-A4-Blatt auf. Mit einem schrägen Blick, auf den geöffneten Bogen, erkennt Herr Schwarzer eine Namensliste.

"Diese Namen! - Ähh – am besten buchstabiere ich dir den Namen: Z – O - L ..."

"Eure genauen Namenslisten habe ich als Kopie auch in der Redaktion!", kürzt Herr Schwarzer den Fluss der Informationen ab: "Ich benötige nur den Nachnamen. Das ist also Herr Medgyessy", liest Herr Schwarzer von der Liste ab: "Den Namen merk ich mir schon!"

"Na ja! Dann ist da noch der Trompeter." Er tippt mit dem linken Zeigefinger auf den Namen Hollósy: "Die Beiden wohnen zusammen."

Sie gehen schweigsam nebeneinander her, bis sie an dem Ende ihres gemeinsamen Weges angelangt sind.

"Der Trompeter, sein Mitbewohner, hat dann die eigentliche Vermisstenanzeige aufgegeben. Na ja, da muss tatsächlich etwas nicht stimmen. Verschwunden ist er nachmittags. Zwischen dem Ende des 16.00 Uhr Konzertes und dem Beginn des Abendauftrittes. - Er hat aus seinem Zimmer nichts mitgenommen. Für eine Reise meine ich. - Sagt die Polizei!", beendet Herr Räuber seine Ausführungen.

Sie stehen noch einige Augenblicke zusammen, dann reicht Herr Räuber seinem Freund die rechte Hand: "Ich muss weiter."

"Mysteriös – wirklich mysteriös", wiederholt Herr Schwarzer allein, auf seinem weiteren Weg, die eben gehörten Worte.

- Mal sehen, was ich daraus machen kann - denkt er sich.

"Oder Muss!", sagt er laut. An der nächsten Ecke hat er

den Musiker vergessen: "Nackel! Der spinnt – muss es nicht Nacl heißen?", denkt Herr Schwarzer konzentriert an seine neue Aufgabe und eigentlich gar nicht mehr an die vermisste Person.

2. Herr Schwarzer bearbeitet einen Unfallbericht

"Manfred! - Mein Lieber! Du musst doch eh noch ein wenig bleiben!", flötet Herrn Schwarzers Kollegin Rita ihm zu. In der gehörten Melodie hat sie für ihn eine Ahnung verpackt, welche sich auch noch nicht auflöste, als er nach dem Eintritt in die Redaktion seinen Schreibtisch erreicht.

"Was gibt's denn Wichtiges – Allerliebste." Herr Schwarzer flötet zurück, er wünscht, seine Ahnung bestätigt zu wissen.

"Ich möchte doch früher weg Manni! Klaus hat Morgen schon frei und wenn wir uns beeilen sind wir schon um sechs an der Küste. Mir fehlen nur noch ein paar Fakten zu diesem Unfall."

"Welchem Unfall?"

"Na den in Brenkensen, in der Fleischerei Hemmler."

"In der Fleischerei?" Herr Schwarzer hebt den Kopf: "Unfall? Was ist denn passiert, dass wir darüberschreiben? Ist jemand in den Fleischwolf geraten?"

"Mann! - Manni! - Du mit deinem Humor! Die Sache ist schrecklich genug." Sie schüttelt mit einem wohlwollenden Grinsen ihren Kopf: "Tu was für deine Kollegin Rita, die am Wochenende in ihrer Ferienwohnung abhängen will." Und dreht ihren Oberkörper zu ihrem Laptop: "Ich schick dir das, was ich schon geschrieben habe, eben rüber."

Herr Schwarzer hört leise ihre Fingerkuppen auf der Tastatur. Dann reicht sie ihm ein nach Kopie aussehendes Blatt Papier: "Das habe ich von der Polizei. Aber die haben inzwischen noch irgendwas Anderes. Einen abschließenden Bericht oder so etwas Ähnliches." Sie schaut ihn jetzt wieder an: "Frag bitte noch mal nach. Deswegen bin ich nicht fertig geworden. Es ist eigentlich nur eine Kleinigkeit."

Herr Schwarzer übernimmt artig die schnell gesprochenen Worte als Auftrag und startet seinen Rechner. Unter dem Dateinamen: Unfall_He, öffnet er die eben von seiner Kollegin versandte Datei.

"So Manni! Jetzt musst du alles haben. Mach das nicht so dramatisch – eher irgendwie traurig – tragisch vielleicht. Mach es tragisch. Das wird schon passen. Der Metzger ist mit seinen Anzeigen ein guter Kunde bei uns, - sagt der Chef", hört Herr Schwarzer von ihr als letzte Anweisung eine deutlich ausgesprochene Vorgehensweise.

Nachdem Herr Schwarzer den kurzen Entwurf gelesen hat, sieht er vor seinem Auge schon eine aufgemotzte Überschrift.

Aus dem Polizeibericht:

Metzgersfrau in ihrem eigenen Kühlraum erfroren.

Den frühen Nachmittag, so empfindet Herr Schwarzer, den habe er sehr gut durchgeplant. Zwischen zwei Terminen legt er großzügig ein Zeitfenster für den Besuch im Polizeirevier fest. Dort, im 1. Obergeschoss auf dem Kommissariat fühlt Herr Schwarzer Ärger in sich aufsteigen. Er muss einige Zeit warten, denn der Abschlussbericht werde von Hauptwachtmeister Meyer bearbeitet. Der habe Besuch, sagt ihm der Wachhabende. Diese Aussage lässt Herrn Schwarzer laut schnaufen. Die Vertröstung, er solle bitte nach oben gehen und ein paar Minuten warten, hat zur Wirkung, dass er minutenweise den Gummibund am Handgelenk seiner Windjacke anlupft und darunter ungeduldig auf die Armbanduhr schaut. Die verlorene Zeit, mit den eigentlich doch enggelegten Terminen so kurz vor dem Wochenende und mal wieder eine Anweisung, wie er einen Artikel zu schreiben habe, sowie eine Müdigkeit, die von dieser Angespanntheit herrührt, nagt an seiner Arbeitsfreude.

Herr Schwarzer schaut sich die an der Wand hängenden Steckbriefe an. Aus dem zweiten Zimmer des Bürotraktes sieht er ein älteres Paar herauskommen, das sich mit seitlichen Blick in den Raum hinein verabschiedet. Dem Abgang des Paares folgt der Hauptwachtmeister, dessen Kopf suchend in der Türfüllung erscheint und der ihn sofort begrüßt: "Hallo Herr Schwarzer! Entschuldigen sie die eine Verspätung! Treten sie bitte ein!"

Herr Schwarzer brummt zur Begrüßung sein: "Hallo!"

Mit schnellen Schritten, mit denen er meint, die Zeit verkürzen zu können, folgt Herr Schwarzer dem Polizisten. Auf Bitte des Hauptwachtmeisters möge er sich setzen.

"Die Sache ist doch nicht so einfach." Hört der ungeduldige Herr Schwarzer endlich am Schreibtisch von seinem Gegenüber. Der Polizeibeamte, dem er an diesem Platz schon mehrmals gegenübersaß und der nun mit dem Sortieren einiger Papiere fertig ist: "Wir haben bis heute Mittag ermittelt."

"War es etwa kein Unfall? Was war es?", fragt Herr Schwarzer sichtbar erfreut. Er richtet sich auf und nähert sich dadurch seinem Gesprächspartner. Beiläufig, nicht enttäuscht und gar nicht wissen wollend, was ihm nun erzählt wird, korrigiert er in Gedanken phantasievoll seine Schlagzeile.

"Doch! Doch!"

Seine darauf nachlassende Neugierde wird unterbrochen, er richtet sich, mit Blick auf den Gesprächspartner, auf die alte Sachlage ein.

Hauptwachtmeister Meyers Blick liegt auf dem obersten Blatt: "Also, in wenigen Sätzen gesagt: Frau Hemmler ist im Kühlraum ausgerutscht. Sie hat sich an einer Rinderhälfte festgehalten. Die ist aus dem Haken gerissen und Frau Hemmler ist mit dem Druck des schweren Rindes auf ihren Oberkörper gegen die Kühlhauswand gedrückt worden. Sie hat eine Verletzung am Hinterkopf, einen Schulterbruch rechts, so wie ich es verstehe eine Oberarmkopffraktur, und war wohl eine zeitlang ohnmächtig und ist erst ungefähr vier Stunden später von ihrem Mann gefunden worden. Die Todesursache: Schwere Hypothermie steht hier. Also eine Unterkühlung. Auf minus 4 Grad war die Temperatur eingestellt. Ziemlich kalt."

"Verdammt kalt", kommentiert Herr Schwarzer.

"Ja! Sehr kalt. Was sie in dem Kühlraum zu tun hatte oder was sie genau holen wollte konnte nicht festgestellt werden. - Naja, ihr Mann war nach dem Fund natürlich nicht ansprechbar." Er hebt den Blick von seinen Notizen auf, schaut dem Redakteur mit einem traurigen Blick in die Augen und zuckt mit den Schultern: "Ein tragischer Unfall also."

Herr Schwarzer sagt einen Moment nichts. Er sucht nach Worten und findet nur eine kurze Wiederholung vom Ende der letzten Zusammenfassung: "Tragisch, wirklich tragisch."

Der Hauptwachtmeister massiert mit der linken Hand sein Kinn: "Eigentlich hätte das nicht passieren dürfen."

Herr Schwarzer vermisst, durch das zurückliegende Gespräch, seine neue, kurz aufgetauchte, unausgegorene und schon geplatzte Schlagzeile. Um etwas von ihrem schattenhaften Gerüst zu retten, bevor er die Idee in Gänze verliert, lockt er den Polizisten: "Was haben sie denn so lange an dem Fall untersucht?", und hofft insgeheim doch auf eine wirkungsvolle, für ihn befriedigende Stellungnahme.

"Na ja! Es ist ja kein Fall! Eher ein ungewöhnlicher Unfall. Diese Konstellation von kleinen - ähh - man kann ja Zufälle sagen, in dem Kühlhaus war schon wirklich außergewöhnlich. - Wir haben sie auf Alkohol und so weiter untersucht. Das dauert so seine Zeit. Verdächtig war ja eigentlich nichts. Das Material und der Ort, all das was die Kollegen wegen eventuellen Hinweisen in Bezug auf den Unfall untersuchten, brachte nichts zutage. Also alles negativ." Er zuckt erneut mit den Schultern: "Negativ in Hinsicht einer Beteiligung Anderer. Unaufmerksam oder leichtsinnig war sie wohl, oder wie man das nennen möge. Leichtsinnig! Leichtsinnig kann man sagen. Das war sie, die Frau Hemmler."

"Ja – was so alles passieren kann."

Herr Schwarzer ist ein klein wenig enttäuscht. Jeden Morgen hofft er auf einen Tag mit einem herausragenden Ereignis, jeder Feierabend wird ohne dieses Ereignis angetreten. Seine Enttäuschung gehört aber zu einer fast täglichen Routine und ist sofort verflogen. Die Kopie des Berichtes verstaut er in seine Aktentasche: "Dann danke ich ihnen erst einmal!"

Der Hauptwachtmeister antwortet nicht, er steht auf. Herr Schwarzer tut es ihm gleich. Er ist froh, seinen nächsten Termin pünktlich zu erreichen.

An der Tür hebt der Beamte die Hand für den abschließenden Händedruck. Er hält in der Bewegung inne: "Wollen sie nicht auch noch einen vorläufigen Bericht über diesen verschwundenen Musiker?", verzögert er die Verabschiedung: "Davon haben sie doch schon gehört. Oder hat sich das noch nicht herumgesprochen?"

"In der Kurverwaltung ist das ein Thema. Liegt da eine konkrete Anzeige oder sonst irgendetwas vor? Ist der wirklich weg?", fragt Herr Schwarzer zurück. Er überlegt kurz und antwortet unschlüssig, aber doch interessiert: "Das ist doch schon zwei Wochen her? Oder? - Gibt es da etwas? Eigentlich ... ."

"Etwas mehr als eine Woche", unterbricht ihn der Hauptwachtmeister.

Herr Schwarzer überlegt noch einmal sein Wissen: "Eigentlich ist das doch keine Schlagzeile wert!"

Der Hauptwachtmeister zuckt schon wieder mit den Schultern.

"Allein diese unaussprechlichen Namen. Eigentlich kann das nur eine Art neutraler Artikel sein. Oder haben sie da etwas Neues?"

"Kommen sie noch mal rein!", wird Herr Schwarzer gebeten: "Ich habe den vorläufigen Bericht gerade auf meinem Tisch liegen."

"Ja – vorläufiger Bericht. Mal sehen", murmelt Herr Schwarzer.

Hauptwachtmeister Meyer steht schon wieder hinter seinem Schreibtisch. Über die Platte gebeugt nimmt er von einem Stapel den obersten Ordner und studiert das oben liegende Blatt. Jetzt erst tritt Herr Schwarzer vor den Tisch. Er will sich nicht setzen. Er denkt an den nächsten, den langsam aber stetig näherkommenden Termin im Gasthaus Hahn.

"Gibt es da wirklich etwas?"

"Nicht ganz! Aber wenn sie wollen, natürlich!" Der Hauptwachtmeister bleibt über den Tisch gebeugt stehen. Solange er nicht von seinem Schriftstück aufblickt, sieht Herr Schwarzer die weiße Hautfläche auf dem Hinterkopf des Polizisten.

"Etwas jedenfalls." Erzählt der weiter: "Der Musiker – es ist einer der Geiger – der ist nirgendwo mehr aufgetaucht. Spurlos verschwunden." Dieses stetig wiederkehrende Schulterzucken, was Herr Schwarzer jetzt wieder beobachtet, scheint eine Angewohnheit des Polizisten zu sein, denkt der Redakteur.

Sie schauen sich wieder an: "Eine Anfrage in Ungarn ergab noch nichts. Jedenfalls haben wir von dort noch keine Nachricht. Das sind ja riesige Wege, die da offiziell beschritten werden müssen und ich glaube auch nicht, dass er in seine Heimat gereist ist. Seine persönlichen Sachen sind alle noch in seiner Wohnung. Außer Geld und Papiere."

"Tja. Was soll ich da schreiben? Hatte er einen Unfall oder gibt es da etwa einen Verdacht?"

Herr Schwarzer getraut es seinen Karriere Hoffnungen nicht zu, sich mit einem Artikel dieser Art erfolgreich zu beschäftigen. Trotzdem fragt er: "Meinen Sie da ist schon eine Straftat begangen worden?"

"So habe ich das nicht gemeint, von einer direkten Straftat gehen wir noch nicht aus. Was wir von ihnen eventuell benötigen: ein kurzer Artikel könnte es sein. Eine Art Suchbeschreibung. Weiß ich auch nicht. Dazu kann ich auch nichts sagen. Im Moment noch nicht. So wichtig ist die Sache wohl nicht. Wir haben den Fall allerdings noch nicht abgeschlossen."

"Ich hatte ja schon, wie ich glaube erwähnt zu haben, in der Kurverwaltung davon erfahren. Die Sache erschien der Verwaltung und auch mir überhaupt nicht wichtig. Man kennt ja auch nicht die Mentalität dieser Leute. - Sie haben ja einige Jahre nicht in unserem Europa gelebt. Eigentlich habe ich die Sache schon abgehakt! Aber ich nehme die Informationen trotzdem mit."

"Ja schauen sie mal. Vielleicht können sie damit helfen." Nach dem jetzt endlich doch abschließenden Händedruck, fügt Herr Schwarzer, diese Idee ergänzend, noch etwas Verbindlichkeit hinzu: "Da haben sie recht. Vielleicht fehlt während der nächsten Tage, zum Wochenende wahrscheinlich nicht, aber danach, mal ein kleiner Artikel, dann hab ich was in der Hinterhand. Ansonsten starte ich eine Art Suchaufruf."

Rita sitzt auf der Terrasse. Grauen Burgunder oder Prosecco auf dem Tisch. So stellt sich Herr Schwarzer bildhaft die ihre Freizeit genießende Kollegin vor, kann seinen Gedanken aber nicht vervollständigen. Denn er selbst, hat am Tag nach ihrer Abfahrt, den heutigen Freitagnachmittag, den fertigen Artikel über die Metzgersfrau noch nicht eingestellt. Er denkt, er habe ein Halbwissen des Unglücks. Die eine Hälfte von seiner Kollegin, die andere Hälfte aus den Fakten des

Polizeiberichtes. Irgendwie ist es nicht sein Werk. Deshalb besucht Herr Schwarzer die Metzgerei Hemmler. Er nimmt sich vor, nicht aufdringlich zu wirken, und vor Ort mit einem offensichtlichen Mitgefühl aufzutreten, weil Metzgermeister Hemmler ja ein Mensch der Öffentlichkeit ist und die ganze Leserschaft das Recht hat, an seinem Unglück mittrauern zu dürfen.

An der sandsteinernen Haustürfassung sieht er die große Messingplatte mit den Namen H. Hemmler und A. H. Hemmler links neben je einem Klingelknopf, unterhalb einer kugeligen Kameralinse. Er benutzt den unteren Taster, mit dem Buchstaben H vor dem Namen, in dem Takt, so wie er meint, dass ein Freund drücken würde. Zweimal tippt er hintereinander die Knöpfe an. Nach einer kleinen, über einer Minute andauernden Pause, wiederholt er das Drücken und schaut dabei freundlich in das Auge der Türkamera. Ihm wird nicht geöffnet.

Dann steht er einige Zeit in der Kundenschlange im gut besuchten Laden. Als ihn endlich die Verkäuferin freundlich anspricht, weiß er nichts anderes, als nach Grillfleisch zu verlangen, indem er sie auffordert, um etwas Zeit zu gewinnen: "Stellen sie mir eine klassische Portion für drei Personen zusammen!", und sie fachgerecht aussuchen lässt.

Er hat jetzt keinen Plan mehr. Ob er überhaupt einen besaß, er vermag nicht darüber nachzudenken, seit er an der Tür nicht empfangen wurde und in der Enge dieses Raumes, mit dem Gemurmel der Kunden untereinander, den dazwischen knallenden lauten, Hunger erzeugenden Verkaufsgesprächen, die sich zu einem einzigen Lärm mischen, geduldig wartet, um irgendwie in seinem Sinne erhört zu werden. Herr Schwarzer kann die Situation nicht einschätzen, wie er hier mehr Informationen erhält, als die, die ihm bisher bekannt sind. Er ist sich auch nicht sicher, ob das Ende dieser Aktion einen sinnvollen Abschluss enthalten wird.

Trotzdem versucht er, während seines Bezahlvorganges, durch die Verkäuferin den Metzgermeister zu erreichen. Die Frau verweist ihn an den jungen Herrn Hemmler: Der jetzt ihr Chef sei.

Der junge Mann, nach dem Familiendrama anscheinend der neue Chef, spricht ihn mit Namen an: "Hallo Herr Schwarzer, womit kann ich ihnen helfen?"

"Ich möchte ihnen mein Beileid aussprechen. Auch ihren Vater wollte ich besuchen."

"Das geht jetzt nicht!", wimmelt ihn der junge Mann ab: "Meinem Vater geht es nicht ... ."

Herr Schwarzer geht darauf sofort ein. Er spürt diese peinlich wirkende Aufdringlichkeit, die von ihm ausgeht: "Ich wollte eigentlich nicht stören, aber ich dachte, dass es noch etwas Wichtiges gäbe zu diesem tragischen Unfall und ...", beginnt er mit einer langen Entschuldigung.

Herr Schwarzer weiß es nicht. Er spürt sie, aber er weiß nicht warum eine Unsicherheit, bis in die späten Abendstunden, an diesem Freitag in ihm vorherrscht. In solch einer Situation befindet er sich nicht oft, dass eine Arbeit, eine Idee für einen Artikel oder eine kleine Serie, die er auf dem Papier und Gedanken mit nach Haus nimmt, bei ihm Unsicherheit hervorruft. Die Fakten des

Inhaltes fügen sich eigentlich komplett zusammen. Aber etwas fehlt ihm. Er verschiebt das Erscheinen auf den Montag und beendet seinen Arbeitstag.

Bis zum Redaktionsschluss am Sonntagabend hat er keine Änderung getätigt. Der kurze Artikel wird so gedruckt wie er schon zwei Tage vorher geschrieben und fertig bereit lag. Herr Schwarzer tätigt jedoch einen Telefonanruf und verschickt anschließend eine E-Mail mit einer Kopie des Artikels über Frau Hemmler.

"Manni! Hallo", es klingt ein wenig Ärger in Ritas Stimme: "Die haben tatsächlich unseren Artikel abgekupfert!" Sie schmeißt ihm die großformatige Zeitung, die sie so gefaltet hat, dass ihm aus der Mitte des Papieres seine eigene Schlagzeile entgegenspringt: "Tragisch! Metzgersfrau im eigenen Kühlraum erfroren", liest er laut vor.

Der Artikel entstammt, wie Herr Schwarzer sofort erkennt, aus den Regionalseiten des ihm sehr bekannten Boulevardblattes. Zumal die Schlagzeile dann doch die gleiche wie die Seine ist, stört Herrn Schwarzer: "Die hätten sie doch ändern könneno", denkt er sich. Zu seiner Kollegin sagt er aber zustimmend: "Du hast recht. Die kupfern aber auch alles ab."

Sie bleibt skeptisch: "Ich kenne dich Manni! Mach nicht immer so einen Scheiß. Ich kenne deine Verbindungen."

Es beruhigt Herrn Schwarzer ein klein wenig, dass sein Bekannter in der Landeshauptstadt, den Artikel zwei Tage später, als er den Seinen erscheinen ließ. Es beruhigt ihn etwas mehr, dass er in der dortigen Redaktion nicht vergessen wird. Der Einwurf seiner Kollegin prallt also an ihm ab. Er fühlt sich nicht berührt und wird weiterhin so verfahren, dass er entscheidet, an wen seine Artikel weitergereicht werden. Vielleicht, klappt es ja mal. Vielleicht, hat er irgendwann eine Chance. So hofft er stetig auf einen erweiterten Wirkungskreis seiner Zukunft.

3. Herr Schwarzer und der weinende Trompeter

Der Sockel der herauskragenden Hausmauer in der Brauergasse reicht soweit auf den Bürgersteig, dass Herr Schwarzer mit eingezogenem Bauch seitlich vorwärtsschreitet, um nicht an der Hauswand entlang zu scheuern. Wobei er allerdings spürt, wie er mit seinem Hinterteil einige Blechteile der geparkten Autos sauberwischt. Drei steile Stufen steigt er am Eingang des Hauses Nr. 8 empor. Ein kleiner Absatz, auf dem er Platz findet, um sich die Klingelleiste anzuschauen. Er drückt auf den Klingelknopf mit dem Namen App. 4 B. Während er auf die erwartete Antwort lauscht, sieht er, dass die Haustür nur angelehnt ist.

In diesem alten Gebäude der Kurverwaltung erwartete er einen muffigen Geruch, den er durch mehrmaliges tiefes Einatmen nicht erfährt. Der Weg führt ihn durch einen verwinkelten Flur, bis er in dem dämmrigen Haus die Nummern an der Tür nicht mehr erkennt.

"Scheiße!", sagt er und kehrt zurück zum Eingang. Dort drückt er einen Lichtschalter. Das Licht erhellt mit dem Knacken einer Zeitschaltung den Flur und passend dazu hört er den Türsummer und aus dem ehemals dämmrigen Gebäude einen Ruf, dem er folgt. Er geht wieder in den Flur hinein, steigt über einen engen Treppenaufgang einem zweiten Ruf folgend, den er als: "Hallo" versteht, hinauf auf eine andere Ebene. Er ist erstaunt, als er an einer Tür mit dem Schild App. 9 B vorbeigeht, dass in diesem alten Gemäuer einige mehr Wohnungen vorhanden sind, als man von außen vermuten würde.

Zwei Türen weiter sieht er eine offenstehende Tür, aus der sich ein großer, kurzgeschorener fast kahler blonder Männerkopf herausbeugt, dessen Gesicht Herr Schwarzer kennt und ihm schon als Mitglied des Kurorchesters bekannt ist und dass er in diesem Zusammenhang nun schlussfolgert, dass der Trompeter Hollósy vor ihm steht.

"Sie Polizei?", fragt der Kopf.

"Nein! Guten Tag Herr Hollósy. Ich bin – mein Name ist Schwarzer – von der Wochenpost."

Der Mann scheint ihn mit seinem Anliegen zu verstehen. Denn er nickt und verzieht die Mundwinkel nach oben, seine Augäpfel zittern sich unter die oberen Lider, dann dreht er sich wortlos in das Appartement hinein. Da er die Tür offenstehen lässt, folgt ihm Herr Schwarzer. Schon in dem kleinen Flur stockt seine Bewegung. Der massige Körper des Trompeters quält sich fast mühsam durch die Türfüllung. Herr Schwarzer vergleicht dessen Bemühungen mit seinen eigenen, mit denen er sich eben durch die Enge auf dem Bürgersteig zwängte.

Gleich links sieht er nicht länger als zwei Wimpernschläge in ein kleines, enges Bad. Er folgt dem Mann weiter, im nächsten Raum, einem fensterlosen Zimmer, präsentiert sich ein Doppelbett, an dessen linker Seite viele, benutzt aussehende Kartons gestapelt sind. Rechts steht eine Kommode mit leerer Glasplatte und einem emporragenden, ovalen Spiegel an der hinteren Kante. Die braun lackierten Dielen knarren, als er durch den Raum hindurchgeht.

Durch die nächste Tür betritt er eine Art Wohnraum, der

für ihn so eingerichtet ist, dass sich hier wohl das tägliche Leben abspielt. Ein braunes Büfett mit abgescheuertem Lack sieht er. Durch das stellenweise hervorscheinende Trägerholz, das einige der abgeplatzten Furnierblätter freigelegt haben, sieht es verwohnt aus. Auf ihm wurden mehrere unordentliche Stapel Notenblätter drapiert, davor stehen vier Stühle, die in einem halben Kreis um eine ebensolche Anzahl metallener, brünierter Notenständer gruppiert sind. Einer der Ständer ist mit mehreren Blättern bestückt, daneben ist eine Trompete auf einem Halter aufgesteckt. Solch ein zweites Instrument, sieht Herr Schwarzer direkt daneben, in einem geöffneten Koffer liegen. Auf einem Stuhl neben dem linken Notenständer liegt ein Geigenkasten. Auf der gegenüberliegenden Seite steht ein kleiner, weißer mit Geschirr vollgestellter Küchentisch.

Es ist irritierend für Herrn Schwarzer, dass in diesen Räumen zwei Männer zusammenleben. Die Adresse mit der genauen Wohnungsbezeichnung führte ihn hierher. Ein Paar vielleicht, überlegt er, aber zwei Männer? Auf einer Wohnfläche von 40 höchstens 50 qm. Sind sie ein Paar? – Herr Schwarzer will im Gespräch nachfragen.

"Ich möchte einen Artikel schreiben. Über Herrn Medgyessy", sagt Herr Schwarzer, als der Trompeter vor dem Stuhl mit dem Geigenkasten stehenbleibt und sich zu ihm umdreht: "Es ist merkwürdig, dieses Verschwinden meine ich", spricht er weiter.

"Kaffee?", fragt der Trompeter. Ohne eine Antwort abzuwarten, geht er an Herrn Schwarzer vorbei, öffnet am Büfett die linke untere Tür und holt eine Kaffeemaschine hervor, die er auf einem flacheren

Notenstapel abstellt. Mit einem Winken, der rechten Hand bietet er Herrn Schwarzer den Stuhl neben dem Trompetenarrangement an. Gleichzeitig mit dem Auswinken der Hand verschwindet er mit der Kaffeemaschine in den vorderen Raum.

Herr Schwarzer folgt bis ihm zur Türöffnung. Er ist sich nicht sicher, ob der Ungar ihn versteht: "Darf ich mal ihre Toilette benutzen?", fällt ihm, um das Gespräch in Gang zu bringen, eine einzige Frage ein.

Als Antwort auf die Frage nach der Örtlichkeit und dem unausgesprochenen Umstand etwaiger vorhandener Verständnisprobleme, bekommt er von dem Trompeter, der das Elektrokabel der auf der Glasplatte stehenden Kaffeemaschine in einen Dreierstecker einstöpselt, wiederum nur einen Fingerzeig in Richtung Tür. Der Trompeter scheint ihn zu verstehen.

Herr Schwarzer pinkelt im Stehen und schaut sich dabei um. Über dem schmuddeligen, mit Seifenschlieren verschmierten Waschbecken sieht er eine farbige Ablage. Ein blauer Zahnbecher mit abgenutztem Bürstenkopf. Eine elektrische Bürste mit dem Logo eines Kaffeeverkäufers. Herr Schwarzer fühlt sich als Detektiv.

Ohne etwas von seinem Getränk zu verschütten gestikuliert der Trompeter mit einer Tasse Kaffee in der Hand: "Er immer irgendwo her Geld."

"Verdient er denn viel Geld im Orchester?", fragt Herr Schwarzer, der seine Untertasse festhält und den Kaffee in den kleinen Gesprächspausen genüsslich trinkt. Er war sehr überrascht, wie angenehm die nachgeschenkte dunkelbraune Flüssigkeit ohne Zusatz von Zucker und

Milch ihm sofort schmeckte und dass er so etwas in diesen, für Herrn Schwarzer, gewöhnungsbedürftigen Räumen aus einer sehr sauberen Tasse angeboten bekam.

"Nein mehr!" Der Musiker steht auf, verlässt den Raum und während Herr Schwarzer weiter an seinem Kaffee nippt, kommt der Trompeter mit einem Schuhkarton in den Händen zurück.

"Schuhe Budapest! Alles neu! Von Laslo Vass. Budapest." Er schluchzt.

"Its my Gift. Schuh weg."

Er zeigt auf den Geigenkasten: "Hegedû da!"

Dann öffnet er den Kasten. Herr Schwarzer sieht eine alte Violine.

"Gute Hegedû! Beschi Stradivari!"

"Eine Stradivari?" Herr Schwarzer fragt in einem sehr ungläubigen Ton.

Herr Hollósy versteht den Wertinhalt der Frage. Er schüttelt den Kopf: "Beschi Stradivari! Wien Stradivari! Gassenhoff!"

"Gassenhoff?"

Der Trompeter schüttelt den Kopf: "Gassenhoff!"

Die Violine, die er herausnimmt, sieht sehr benutzt aus. Er dreht sie um und tippt mit den Fingern auf das Schallloch. Herr Schwarzer erkennt innen auf einem verwitterten Schild: Franciscus Geissenhof Vienna Anno 1802.

"Herr Räuber möchte, dass ich einen Aufruf nach der Suche in die Zeitung bringe."

"Was Herr Räuber?"

"Einen Aufruf in unserer Zeitung ..."

Das Gesicht des Trompeters sieht fragend aus.

"Journal!", betont Herr Schwarzer langsam sprechend sein Anliegen: "Bild – Foto – Picture!"

Der Musiker nickt: "Guter Chef Herr Räuber!" Er steht auf und sagt: "Kaffee!" Bevor Herr Schwarzer eine ablehnende Reaktion zeigt, ist der Gastgeber im Nachbarraum verschwunden.

Augenblicke später ergreift der Gast die nächste Tasse, ablehnend wird er sich nicht äußern, der bisherige Kaffee schmeckte ihm bestens und er freut sich offen, mit leisem Schmunzeln auf den nächsten Schluck, der für ihn befriedigender zu werden scheint, als das angestrebte Ergebnis dieses Besuches. Der Trompeter bemerkt das kulinarische Vergnügen seines Gastes und lacht Herrn Schwarzer erwartungsvoll an. Diesmal hat das Kaffeegetränk einen neuen, feinen aber herben, andere Geschmacksnerven berührenden, angenehmen Geschmack. Er schmeckt nach Cognac, wie Herr Schwarzer erfreut feststellt.

Der Trompeter wiederholt einige Male in die Stille, die im Hintergrund nur durch Schlürfen untermalt ist: "Guter Chef Herr Räuber!"

Als der Trompeter das nächste Mal im Nebenraum verschwindet, hält er bei seiner Wiederkehr keinen Kaffee, sondern ein Tablett in beiden Händen. Neben zwei Wassergläsern steht auf der silberfarbenen Platte eine rotgolden schimmernde Flasche, auf deren ovalem senkrecht stehendem Etikett Herr Schwarzer Bardin-Brandy liest. Das Tablett stellt er auf den Fußboden.

Mit dem fünften Glas, dieses Mal vollgeschenkt bis fast

an den Rand, läuft der Brandy, wie für die zwei Männer mit Liebe gebrannt, in Herrn Schwarzers Rachen hinein und ohne zu brennen, weiter hinunter. Der Sitz auf dem Stuhl ist mittlerweile hart, das spüren die Beiden schmerzhaft, wenn sie nach dem jeweiligen, zum Glas Hinunterbeugen sich wieder aufsetzen.

Der Trompeter holt irgendwoher einen kleinen Campingtisch. Die Bewegungen, mit denen er die Beine des Tisches in die Klammern drückt, sehen kräftig aus. Dann sitzen sie sich gegenüber, die Ellenbogen auf dem Tisch und die Flasche mit den Gläsern steht zwischen ihnen. Herr Schwarzer hört sich, er versteht es mit Mühe, die Lebensumstände des verschwundenen Geigers an. Er hört von Unterricht, den er hier im Ort gibt, vom Schreiben in Kladden, deren Stapel der Trompeter zeigt, indem er eine Tür des Büfetts öffnet, vom Schreiben auf einer alten Schreibmaschine und vom Malen einiger Bilder: "Ohhben", lallt der Trompeter und zeigt mit dem Finger an die Zimmerdecke. Als er danach plötzlich mit einem Ruck seine Arme vom Tisch reißt, um die Größe der Bilder zu demonstrieren, verliert das Möbelstück zwischen ihnen, durch den fehlenden Gegendruck das Gleichgewicht und kippt Herrn Schwarzer entgegen. Dessen Arme liegen noch auf der Platte, die Hände greifen nach den Gläsern und der rutschenden Schnapsflasche, dadurch rutscht er durch den verlorenen Halt fast vom Stuhl. Der Trompeter steht nun breitbeinig hinter den aufragenden Stuhlbeinen und hält sich die Hände vor sein Gesicht. Er setzt sich sofort wieder und sie sitzen sich erneut, diesmal ohne trennende Tischplatte, gegenüber. Die Hände des Musikers liegen auf seinen Oberschenkeln und Herr Schwarzer, der noch immer die Flasche in seinen Händen hält ist irritiert über diesen großen Mann, der nun hemmungslos seine Tränen laufen lässt.

"Isch musch leida lohosch!", versucht sich Herr Schwarzer zu lösen.

"Loohoss!", sagt der Trompeter und wackelt hoch. Dann stehen sie und setzten sich sofort wieder hin.

Nach der zweiten geleerten Flasche, der Trompeter holt auch keinen Nachschub, sondern er nimmt sein Instrument vom Ständer und auch den Geigenkasten, verschwindet in den mittleren Raum, aus dem Herr Schwarzer kurz darauf eine getragene Melodie hört. Dort findet er den liegenden Musiker auf dem Bett, im linken Arm den Geigenkasten, mit der rechten Hand die Ventile des Instrumentes drückend.

"Jöhn – Jöhn", traurig lallt Herr Schwarzer seinen Kommentar zur Melodie.

"Du Hausch?", fragt zwischen den Tönen der Trompeter. Herr Schwarzer nickt. Mehrmals.

"Konchert.", brabbelt der Trompeter. Erstaunlich wie er sich schnell und gerade aufrichtet und kommandiert: "Losch!"

Herr Schwarzer torkelt nach Haus, der Trompeter, seinen kleinen Koffer umklammernd, stolziert bemerkenswert aufrecht neben ihm her. Herr Schwarzer kurvt irgendwann in die Richtung seiner Wohnung und sein Saufkumpan kurvt ebenfalls, den Gehsteig komplett ausnutzend, der, der Weg zur Konzerthalle ist.

Tags darauf hört Herr Schwarzer ein Gerücht: Der Trompeter sei während des Abendkonzertes inmitten eines Musikstückes aufgestanden und verschwand torkelnd, eine andere Melodie, als die seiner Kollegen spielend, durch den Gang der links und rechts staunenden Gäste.

Soweit er sich mit einem Schmunzeln an diesen Nachmittag erinnern kann, wird der Geiger von dem Trompeter sehr vermisst. Der Geiger war nicht nur Musiker, sondern er hatte auch Manuskripte und dass er zu malen vermochte, erfuhr Herr Schwarzer an diesem Nachmittag.

4. Neue Einblicke für Herrn Schwarzer

"Manni!"

Herr Schwarzer schaut nicht hoch.

"Ja?"

"Hier ist jemand für dich."

Der Angesprochene lässt sich nicht stören. Seine Gedanken rühren sich nicht in die Richtung der Türöffnung. Einige Buchstaben tippt er noch auf der Tastatur an. Den bearbeiteten Artikel speichert er mit einem Klick. Damit löst er sich von den letzten Gedanken und wartet gehorsam, mit einem Blick, der auf dem Gesicht seiner Kollegin vom Empfangstresen ruht, die ihm die angekündigte Person mit einer höflichen, bittenden Geste in sein Büro weist.

Eine spürbare Windwelle, die er in das Büro rauschen fühlt, schiebt der kompakte Körper einer Frau vor sich her: "Guten Tag! Sie kennen mich doch bestimmt - Herr Schwarzer!", fordert die Person sein Namengedächtnis.

"Guten Tag, Frau ... ?"

"Iris Berger. Aus dem Vorstand der Tafel."

"Ach ja. Jetzt kommts bei mir wieder. Frau Berger! Natürlich! Bitte!" Er wischt mit der rechten Hand durch die Luft über seinen Schreibtisch und deutet dann auf den Sessel: "Wie geht's mit der Tafel? Gibt's was Neues?", heuchelt er interessiertes Wissen und sprudelt damit auf seinen Gast ein: "Wie macht sich der Vorstand? Läuft alles bestens mit dem neuen Schriftführer?"

"Ja! Ja es läuft gut! Diese armen Leute müssen ja auch versorgt werden", scheucht Frau Berger hastig Herrn

Schwarzers Einleitung hinweg, der dadurch erst einmal stumm bleibt und mit der rechten Hand abermals auf seinen Besuchersessel zeigt: "Bitte Frau Berger."

"Ja." Mit dem knappen Wort beginnt Frau Berger: "Doch! Ganz gut, - aber!" Sie setzt sich dabei auf den Sessel und erhebt ihre Stimme: "Ich bin – äh ich war eine gute Freundin der Frau Hemmler."

"Der verunglückten Metzgerin ... ."

"Verunglückt? Gerade deswegen bin ich hier. Ich bin gar nicht zufrieden mit dem Artikel, eigentlich mit der ganzen Entwicklung. Unzufrieden! Richtig unzufrieden. Und dann berichtet sogar diese Schweinezeitung davon. Woher die so etwas wissen können?"

"Die werden den Artikel gelesen haben." Er fragt nicht zurück, welche Zeitung sie denn meine. Denn er glaubt, in diesem Moment rötet sich sein Gesicht, denn er weiß, was sie meint und fühlt sich bei irgendetwas ertappt: "Diese Schweinezeitung?", fragt er dann doch. Eine Wirkung wie unschuldig sein, das möchte er ausstrahlen. Herr Schwarzer versucht wegen dieser Beurteilung seines Gastes, an die er sich glaubhaft wirkend anschließt, jedoch im Inneren mitschuldig fühlt, dann empört nach außen zu wirken: "Sie meinen die ... ."

"Ja, die!", wird er abrupt unterbrochen: "Genau die!"

"Aber dafür ist die Presse ja da. - Um ... ."

"Aber nicht so!" Frau Bergers Stimme wurde, um seine entschuldigende Meinung zu unterdrücken, in diesem Augenblick etwas lauter: "Das müssen sie doch zugeben – wenn sie ehrlich sind!", schmeichelt sie.

"Die Sache - ähh - dieses Unglück, dieses tragische Unglück, es ist eigentlich alles schon geregelt Frau

Berger." Herr Schwarzer spürt sich, durch den überfallartigen Besuch, mittlerweile in einer Ecke stehend. Er fühlt sich als ein nicht ehrlicher Reporter und dadurch auch nicht souverän handelnd, mit dieser über die ihn eingebrochenen, persönlich betreffenden Fragestellung, in welchem Verhältnis er jetzt weiter mit dieser Frau verfahren solle: "Die Polizei hat die Untersuchungen eingestellt. Na ja, es war, wie sich schließlich herausgestellt hat, ein tragischer Unfall", schickt er einige, zu seinem Artikel passende Floskeln los.

"Tragischer Unfall?" Sie schnappt nach Luft, nachdem sie die kurze Frage über den Tisch blies: "Das ist eine lächerliche – ähh Annahme. Das stimmt nicht. - Diese Behauptung! Wie kommen die darauf? Lächerlich!" Frau Berger prustet, zwischen ihren Lippen brodelt es und ihre Wangen röten sich: "Die sollen genauer untersuchen!"

"Frau Berger, unsere Polizei ist gründlich!"

Die Frau guckt Herrn Schwarzer erstaunt an. Er denkt, jetzt vermag er das Gespräch abzuwürgen.

"Meine Freundin war nicht unvorsichtig", bevor er reagiert, poltert Frau Berger los: "Im Kühlhaus! Mit einem Schwein! Ich bitte sie. Das ist zum Lachen." Ihre dauergewellten Locken bewegen sich nicht, während sie ihren Kopf schüttelt: "Solch schwere Arbeit hat sie doch nicht mehr gemacht. Wegen ihrem Rücken." Sie rückt in ihrem Sessel an den vorderen Rand, beugt sich nach vorn und reibt mit der rechten Hand über ihren Rücken: "Ich habe auch einen Bandscheibenvorfall. Ich weiß was man damit noch machen kann. Garnichts!"

Herr Schwarzer hat noch keine Idee zu irgendeiner

Erwiderung: "Jaa -", sagt er lang gezogen und senkt unsicher den Tonfall.

Frau Berger schiebt sich auf ihrer Sitzfläche zurück und setzt sich mit geradem Rücken aufrecht hin: "Drei hatte sie! Drei! Garnichts kann man damit machen." Sie kann ihn in dieser Situation leicht unterbrechen und wie über einen Unwissenden triumphierend von sich geben: "Ja Herr Schwarzer, ich weiß wovon ich rede. Drei richtige Bandscheibenvorfälle! Garnichts! Nichts Schweres!"

Der sieht keinen zwingenden Grund über das eben Gesagte nachzudenken, und womöglich in irgendeiner Weise weiterzuverarbeiten, was er von Frau Berger hörte. Diesen Polizeibericht nimmt er als seine Meinung an und denkt, Frau Berger verfolgt eine fixe Idee. Was sein Gast über die Unglücksumstände weiß und was sie ihm sagen will, vermag er nicht nachzuvollziehen. Er will jedoch versuchen, seine Besucherin mit ihrem Anliegen ernst zu nehmen. Doch er fühlt sich durch ihre, wie er meint, aus dieser Frauen-Freundschaft heraus entstandene unsinnige Wahrnehmung des wirklich tragischen Unglücksfalls, belästigt. Denn der ganze Vorgang ist für ihn seit dem Erscheinen seines Artikels schon längst abgeschlossen. Sein Mund öffnet sich, obwohl er keine Beschwichtigung, keine wirklich guten Worte eines Abwimmelns, sondern nur seine schon ausgesprochenen Floskeln parat hat.

"Irgendetwas stimmt da doch nicht!", spricht Frau Berger ihm in die Gesichtsöffnung. Er schluckt und denkt: >nun habe ich ihren Satz verschluckt<.

Das aufgeregte, Hin und Her wackeln von Frau Bergers Unterkörper auf dem Sessel, als ob der auf dem gepolsterten Holzteil ein Eigenleben führt, zeigt ihm, das sie ihm keine Ruhe lassen will, bevor er nicht sagen kann, dass er sie versteht und irgendwann auch alles weiß, was sie ihm dazu erzählen wird.

Beide schweigen. Herr Schwarzer, weil seine Aufnahmefähigkeit erschöpft scheint. Sein Gast, weil sie ihre Aussagen sortiert: "Außerdem hat sie gar nicht mehr gearbeitet. Selbst die Buchführung in der Firma hat sie nicht mehr gemacht. Die hat doch schon ihre Schwiegertochter übernommen! – Nur die paar Ferienwohnungen, die hat sie noch betreut."

"Haben sie das Alles schon der Polizei gesagt?", versucht er das Thema woanders hin zu wälzen.

"Die Polizei will nichts mehr hören. Die sind doch ignorant. Zweimal haben die mich schon abgewimmelt!" Sie schnauft: "Weiter, als bis zum Tresen bin ich nicht gekommen!"

Die Situation kann er sich vorstellen. Er sieht den Tresen vor sich und wie Frau Berger sich darüber lehnt.

"Waren sie schon mal bei Denen, Herr Schwarzer?"

Die Augen von Frau Berger sind gerötet, entdeckt Herr Schwarzer.

"Ich weiß mir nicht mehr zu helfen. Aber einen Unfall kann ich mir nicht vorstellen", sagt sie.

Herr Schwarzer möchte gern hoch zur Decke schauen, oder irgendetwas Anderes fixieren und die Augen verdrehen. Stattdessen traut er sich nur hilfesuchend auf die sich nicht füllende Öffnung seiner Bürotür zu starren.

Frau Berger dreht sich um. Nichts und niemand sieht sie. Kein wer oder was Herrn Schwarzer retten könnte, daran denkt sie nicht und beugt sich, in ihrer alten Position so weit, dass sie fast den ganzen Schreibtisch bedeckt, zu ihm hinüber: "Sie hatte einen Freund", sagt sie verschwörerisch leise: "Mehr weiß ich nicht – Aber das darf auch heute noch niemand wissen!"

"Ja aber … ."

"Das muss mit der Sache zu tun haben!"

"Frau Berger! Das ist doch an den Haaren herbeigezogen! Ich bitte sie, so etwas wäre doch sicherlich bekannt."

"An den Haaren?" Sie lässt sich nicht beirren und beginnt noch einmal: "Der Freund, dass muß ein Künstler sein." Ihre Augen sind weit geöffnet und ihr geschlossener Mund lächelt, wie um ihn zu ihrer Theorie zu verführen. Sie nickt ihm zu: "Sie war ja ein wenig künstlerisch angehaucht. In unserer Volkshochschule. Aquarell, Möwen am Meer und so. Sie wissen schon."

Herr Schwarzer weiß es zwar nicht und bleibt mal wieder stumm, denn er hat die Befürchtung, dass, wenn er Interesse zeigt, Frau Berger weit ausholt mit ihren Erlebnissen in der lokalen, naiven Kunstszene, um ihm die Ausstellungen des Künstlervereins zu beschreiben, in der die Werke der Verblichenen, sicherlich zu sehen waren.

"Bei jeder Gelegenheit hat sie die verschenkt. Ich habe auch einige", wird Herr Schwarzer genauer aufgeklärt, indem Frau Berger in seine vorgefertigten Gedanken eintritt.

"Auf Sylt war sie oft!"

"Dünenbilder?" Herr Schwarzer bereut sofort diese herausgerutschte Frage.

"Auch! Ja! Sie kennen sie bestimmt. Letztens waren sie erst im Fenster der Marktapotheke ausgestellt. Natürlich mit den Möwen, mit den Gräsern, dem

Strandhafer und den stürmenden Wolken."

Ihr Gegenüber schweigt. Er denkt nicht an Sylt, er wünscht sich in diesem Augenblick eher irgendwo anders hin. Auf der anderen Insel in den Dünen versteckt, von allen unwichtigen Beschreibungen einiger Personen entflohen, hinter dem Kniepsand zu sein.

"Nur mit Menschen hatte sie es nicht so."

Herrn Schwarzers verzückten träumerischen Gesichtsausdruck, der sich durch den Satz nur langsam von dem Gedanken an die Küste zurückholen lässt, vermutet Frau Berger irrtümlich als fragend herhaltendes Mienenspiel.

"Ich meine mit dem Malen. Ansonsten war sie sehr gesellig!", befriedigt sie seinen etwaigen Bedarf.

Den ihm wichtigsten Wunsch will sie aber nicht befriedigen. Frau Berger rührt sich nicht von ihrem Sitzplatz hinweg und schaut ihn immer noch mit einem triumphalen Lachen im Gesicht an, das ihm ihre Neugierde zeigt, ob ihre Ausführungen, ohne dass sie mit ihnen irgendwie präziser wird, doch Wirkung bei ihrem Gastgeber zeigen.

Er lächelt ein wenig und nickt ihr zu: "Also Frau Berger. Ich sehe da nichts Ungewöhnliches. Die Polizei arbeitet doch mit allen technischen Mitteln, auch hier bei uns! Die haben nichts entdeckt – Kein Fremdverschulden – und der Hauptwachtmeister, Herr ... ."

Frau Berger seufzt.

Herr Schwarzer redet nicht weiter.

Ihr sind wohl bei dem Gespräch mit diesem Ignoranten, der hier im Büro ihr gegenübersitzt, die wirren Gedanken ausgegangen, versucht sich Herr Schwarzer in sie hineinzuversetzen.

Sie senkt den Kopf, seufzt noch einmal und er sieht das sich in ihrem Haar-Helm doch einige Locken mitschütteln.

Das ist der Augenblick. Der Moment ist da. Herr Schwarzer ist froh, als Frau Berger endlich mit einem sehr enttäuschten Gesichtsausdruck die Anzeichen zeigt, dass sie den Raum verlassen möchte.

Herr Schwarzer ist eigentlich ein gewissenhafter Mensch. Automatisch versucht er etwas, von dem Gehörten in eine Schublade für brauchbare Nachrichten zu sortieren, doch dann werden die für ihn wirren Gedanken nach ein paar wirkungslosen Augenblicken beiseitegelegt. Er denkt schon nicht mehr an die vergeudete Zeit, als sein Gast sich vom Stuhl erhebt.

5. Herr Schwarzer in der russischen Sauna

Herr Schwarzer steht vor dem geöffneten Schrank, er schaut auf seine Kleidung, die er soeben darin verstaute. Die rechte Hand massiert in der linken Brusttasche des hängenden Jacketts sein Notizbuch. Er überlegt noch, ob er zum ersten Gang Schreibutensilien mitnimmt, als er durch die Wände hindurch Stimmen, sowie klappende Türen hört. In den Umkleidekabinen hinter ihm erkennt er die Stimmen des Bürgermeisters und des Kaufmannes Brink, der sich, als Vorsitzender des Werbevereins, bei meist allen dieser Veranstaltungen zeigt. Die Beiden quatschen über das vergangene Golfwochenende. Für seine Arbeit hört Herr Schwarzer keine Nebentöne in dem wechselseitig zugeworfenen Eigenlob, das nur von der perfekt organisierten Veranstaltung mit ihnen im Mittelpunkt handelt. Nichts Interessantes dringt für seine Ohren aus den Umkleidekabinen heraus, er findet dadurch eine Entscheidung und belässt sein Handwerkszeug in dem Kleiderschrank.

Langsam verlässt er den Umkleidebereich und geht ebenso, er wandelt fast durch den Saunabereich des Thermalbades. Die beiden städtischen Persönlichkeiten nähern sich ihm, wie er aus den lauter werdenden, unterschiedlich quietschenden Gummigeräuschen hinter ihm hört. An der Schleuse zum Außengelände holen sie ihn ein. Herr Schwarzer erkennt an den Geräuschen, wie sie von hinten auf seine eigenen treffen, wer ihm auf welcher Seite folgt. Kaufmann Brink quietscht links wässriger als der Bürgermeister mit seinem hörbar harten, klappernden Quietschen.

"Hallo Herr Schwarzer. Warten sie auf uns?", hält ihn dann der Bürgermeister zurück. Zu dritt betreten sie die Außenanlage und werden vom Kurdirektor empfangen, der vor zwei kleinen Tischen steht, neben denen ein Sonnenschirm kümmerlichen Schatten spendet. Auf dem vorderen Tisch liegen einige Flaschen Mineralwasser in einer mit Eis gefüllten Schale, neben einer Batterie Gläser, von denen einzelne Böden und Seiten nicht komplett von den weißen Tüchern abgedeckt sind und die Sonne widerspiegeln.

"Meine Herren! Ein herzliches Willkommen zur Einweihung unseres neuen Kleinods", begrüßt sie der Kurdirektor mit zum Empfang bereit weit geöffneten Armen. Die Weite besteht noch, als er der neben ihm stehenden jungen Frau, in der Kleidung einer Bademeisterin, zunickt. Sie dreht sich dem hinteren Tisch zu, nimmt von einem akkurat ausgerichteten Stapel drei hellblaue Leinentaschen herunter, die mit dem Logo des Bades, den stilisierten Wogen bedruckt sind.

Der Kurdirektor reicht als erstes dem Bürgermeister die Hand. Er nimmt sogar beide Hände zum festen Druck. Herr Brink bekommt einen jovialen Klaps an den Oberarm und Herr Schwarzer ein von einem vertrauten Nicken begleitetes freundliches Lächeln. Ihm wird auch die erste Tasche überreicht. In dem Beutel erkennt Herr Schwarzer zwei Saunatücher.

"Vertreten sie mich bitte bei der praktischen Einweihung unserer neuen russischen Sauna. Testen sie für mich auch als Experten die Praxistauglichkeit." Der Direktor lacht und hebt als bedauerndes Zeichen die

Schultern: "Ich darf leider nicht. Sie wissen meine Herren, mein Herz! – Aber für sie meine Herren, haben wir sogar Birkenruten bereitgestellt."

Herr Schwarzer möchte Fragen stellen, um seinen Wissensstand anlässlich dieser Einladung zu erweitern. Die anwesende Dominanz des Kurdirektors jedoch, erlaubt noch nicht einmal einen Ansatz einer Mundöffnung des Reporters. Eine kleine Höflichkeitsfrage, oder eine sachliche Frage fällt ihm sowieso nicht ein. Er ergibt sich dem kleinen Protokoll.

Der Direktor hat mit Sprache und Gestik den Ablauf unter Kontrolle und begleitet die drei Folgsamen bis zum Blockhaus. Sogar die Tür hält er für sie auf und sie werden dann, mit dem Wunsch viel Vergnügen zu haben und dem Schwung seiner Handbewegung, in das Blockhaus geleitet.

In dem Vorraum der Sauna, in dem zwei alte Milchkannen mit den Zweigen stehen, sammeln sie sich und platzen dann hintereinander hinein in den Saunaraum, in die Ausführungen des Dr. Molter, den Vorsitzenden des Ärztevereins, der oberhalb der anderen schon Anwesenden auf der U-förmigen Anlage auf dem Mittelteil der höchsten Bank sitzt. Der Stellvertreter des Kurdirektors, Herr Räuber und Elektromeister Wagner haben auf der linken Seite der untersten Bank einen Platz eingenommen. Die Fraktionsvorsitzenden der zwei großen Parteien und Bauunternehmer Machwitz sieht Herr Schwarzer vertraut auf der mittleren Etage, die alle den Blick auf ihrem Erzähler ruhen haben: " ... Kurdirektor darf an dieser Art von Sitzungen gesundheitlich nicht teilnehmen. Ach, da sind ja unsere letzten Gäste", und alle Sitzenden erfassen, durch den kühlen Luftzug der geöffneten Tür und die Eintretenden aufgeschreckt, die erwarteten Ankömmlinge.

Herr Brink und der Bürgermeister sitzen mittlerweile neben Dr. Molter und Herr Schwarzer schwitzt auf den unteren Hölzern. Wortwechsel, Anekdoten und Diskussionen die zwischen zwei und drei Personen, mal mit Allen, von oben nach unten, in alle Richtungen hin und her plätschern, überdecken die Geräusche des Saunierens. Die Gespräche klingen alle vertraulich, sie finden langsam zueinander. Person für Person stellt sich eine Einheit im gegenseitigen Austausch her. Über Sport, Geschäftsbeziehungen und alle Arten der Tagespolitik nähern sich die Gedankengänger hin zu einer gemeinsamen Gesprächsrunde. Bis für alle nur noch das eine Thema vorherrscht: Der Grund, warum sie hier zusammensitzen.

"Da haben wir mal wieder eine gelungene Errungenschaft. - Passend für unsere schöne Stadt gemacht", lobt der Bürgermeister den kleinen Neubau.

"Die Bäderverwaltung bemüht sich ganz schön", stimmt Herr Brink ihm zu: "Man kann nicht genug investieren, um das Kaufkapital im Ort zu binden. Egal welcher Art!"

"Ein privater Investor hätte es schneller gerichtet!", prustet der Unternehmer Machwitz und verreibt sich den Schweiß im Gesicht.

"Ja ...", will sich Elektromeister Wagner einmischen.

"Aber nicht nachhaltig!" Herr Räubers Ton ist lauter als das vorangegangene "Ja". Er richtet sich auf. Seinen hageren, unbehaarten Oberkörper streckt er in Höhe: "Es soll doch für Alle sein. Der Herr Bürgermeister hat

Recht. Denken sie mal an die Kurgäste. An die Tagesgäste! - Auch an unsere Mitbewohner."

"Hauptsache für uns!", lacht Herr Schwarzer: "Das ist auch wichtig", der damit das erste Mal an diesem Nachmittag eine flapsige Meinung von sich gibt. Obwohl er sich im Allgemeinen mit Aussagen welcher Art, Kommentaren, mit gutem Grunde natürlich allen Stellungnahmen, wenn er sich seines Berufes wegen in der Öffentlichkeit bewegt, äußerst zurückhaltend ausdrückt.

"Eine Frage an Herrn Räuber!" Herr Brink erhebt seine Lautstärke, sodass alle verstummen, ihn anschauen und sogar der Machwitz seinen Mund wieder schließt: "Noch ein Thema Herr Räuber: Salzsiederei! Gibt es schon was Konkretes?" Dann legt er offensichtlich eine Pause ein, um seiner Frage eine endgültig, knallende Wirkung zu geben: "Ein Gerücht gibt es auch dazu. Die alten Gebrauchsanweisungen soll der Kurdirektor gar nicht selbst entdeckt haben. - Wie kommt er denn nun dazu? Stimmt dieses Gerücht?"

"Der Ein-Euro Jobber hat im Archiv die Papiere gefunden", weiß Herr Angermann von der Opposition zu berichten, der sich mit seinem Wissen schnell einmischt, bevor Herr Räuber die provokative Frage zu beantworten vermag.

"Natürlich! Ähh - Wir haben alles ...", verhaspelt sich der Angesprochene: "So kann man das nicht sagen! Wir sind doch ein eingespieltes Team. - Alle arbeiten zusammen", weicht er ungeschickt aus: "Wir stellen immer die richtigen Leute auf die wichtigen Stellen", zeigt er sich dann wieder souverän.

"Unser Kurdirektor weiß doch immer, wie er Wen und

Was für seine eigene Karriere ausnutzen kann", stichelt Herr Angermann.

"Bleiben sie mal unten Herr Kollege", weist ihn der Kollege von der mehrheitsführenden Partei zurecht: "Er hält den Laden in dieser schwierigen Zeit am Laufen."

Herr Schwarzer möchte mehr Hintergrundwissen und die Sticheleien in der Unterhaltung scheinen ihm einen anderen Weg einzuschlagen. Er wiegelt vorsichtshalber auch den Einwurf von Herrn Angermann ab: "Vielmehr Karriere gibt es aber nicht – er muss doch auch schon bald an die 65 sein. Oder hörte schon Jemand, dass er etwas anderes im Auge hat?"

"Bei seinem Sechzigsten waren wir vergangenen November im Golfclub. Eine schöne Feier ...", sagt der Bürgermeister: "... und gar nicht mal so aufwendig, wie man vielleicht denken könnte. Sehr gemütlich die Atmosphäre. Das Essen war natürlich mal wieder erwähnenswert. Aber ihr kennt das ja."

Ihre eigenen nassen Hände auf schwitzender Haut erzeugen die klatschenden, schmatzenden Geräusche, die neben Prusten und Stöhnen von den Saunagängern zu hören sind, mal wieder eine Redepause.

Es hält nicht lange an, dieses konzentrierte Miteinander. Der Bürgermeister scheint mit seiner Erklärung noch nicht fertig zu sein: "Wir haben nun aber genug über unseren Kurdirektor gesprochen. Über so einen Kurdirektor kann sich jede andere Gemeinde mit Kurbetrieb die Finger ablecken."

"Ja! Ja! Sie haben ja recht. Was ist denn nun mit der Salzsiederei? Herr Räuber. Um wieder auf unser Thema zu kommen!", bohrt Herr Brink erneut: "Wir sollten alles Wissen – alles was im Ort passieren könnte."

"Wie überlegen noch! Eine gute Sache ist das schon. Meine Meinung jedenfalls", antwortet ihm Herr Räuber: "Interessant finde ich das Thema für unsere Zukunftsplanung allemal! Weil die Stadt mit eingebunden werden muss." Er wendet sich dem Bürgermeister zu.

Der antwortet auch prompt: "Die Sache ist noch nicht in trockenen Tücher, meine Herren. Die Planungen sind ... es sind eben erst einmal Planungen. Im Genauen schauen wir uns die historischen Salzsiedereien an."

"Lüneburg zum Beispiel – Interessante Sache – Für die Touristen – Habe ich schon gesehen! Aber ein finanziell lohnendes Geschäft machen sie damit bestimmt nicht", mischt sich der Bauunternehmer ein.

"Ja, genau! In der Art wie in Lüneburg. Aber auch mit einem optischen Blickfang wie ein Gradierwerk. Für die kommerzielle Siederei wird natürlich eine moderne Anlage benötigt. Alles andere dann, dient als Tourismusmagnet", fährt der Stellvertreter fort.

"Und unsere Solequelle muss ausreichend sprudeln", bemerkt der Elektromeister: "Ich hoffe das tut sie!"

"Uns von der Stadt sind leider finanziell die Hände gebunden. Aber wie gesagt, eine gute Idee ist das allemal!", kommt vom Bürgermeister prustend eine Reaktion, die Herr Schwarzer schon länger von ihm erwartet hatte, weil er ihn während der Ausführungen der zwei Vorredner beobachtete und dabei dachte, dass man das Stadtoberhaupt an der Spitze solch gewaltiger Planungen findet.

"Ich persönlich würde mich auch freuen, wenn da etwas passiert, dann hätte ich was zu schreiben." Herr Schwarzer beginnt nun, da einige der Anwesenden ihren

Kommentar zu den Plänen des Kurdirektors gaben, zu schmeicheln und Elektromeister Wagner brummelt dazu: "Zu schreiben ist für sie wohl immer wichtig. Wenn ich an die Schlagzeilen über meinen Freund Hermann denke. Das ist doch alles auf ihren Mist gewachsen!"

Und schon gibt es ein neues Thema: Der Unfall von Frau Hemmler. In dieser Runde muss Herr Schwarzer sich gleich verteidigen. Er weiss, dass Herr Wagner sehr recht hat, denn die Schlagzeile der Boulevardzeitung wurde erst nach seinem Anruf gedruckt: "Es tut mir leid, dass einige Kollegen sich manchmal nicht ganz so korrekt verhalten. Mein Artikel, eigentlich war es nur eine kleine Nachricht ... Also, es war alles damit in Ordnung."

Betretene Stille, denkt Herr Schwarzer, als der Gesprächslärm nach seinen letzten Worten nicht wieder aufflammt.

"Der Hemmler ist mit den Nerven ganz schön runter!", leitet nach ein paar Augenblicken der Bürgermeister das Gespräch weiter in die Runde.

"Na sicher, und wenn dann so ein Schmierenblatt sich da einmischt, Schlagzeilen erfindet, nur um seine Auflage zu erhöhen. Das ist ein unmenschliches Geschäft. Als wenn es keine wichtigeren Ereignisse geben würde. Und dem Redakteur darf man noch nicht einmal die Nase Einschlagen. Das ist dann natürlich verboten."

Der Freund von Metzgermeister Hemmler, den jetzt alle angucken, kann seine Aufregung nicht verbergen. Er fuchtelt mit den Armen, in die Richtung des mehr als eine Armlänge von ihm entfernt sitzenden Journalisten.

Herr Schwarzer zuckt nach hinten und bereitet sich innerlich auf eine Flucht vor.

"Nein, das meine ich nicht. Ich meine seine Aktivitäten. Er hat sich doch hier bei uns überall engagiert", rettet ihn der Bürgermeister: "Alle Ehrenämter hat er – so habe ich gehört – ich will nichts Verkehrtes sagen – ich glaube er hat sie eigentlich alle abgegeben. - Nach dem Unfall!" Er seufzt: "Meine Herren, ich sage doch wohl nichts Verkehrtes?"

"Was soll er denn machen? - Wenn meine Frau so krepieren würde - ich weiß nicht." Herr Brink schüttelt sich.

"Man soll ja nichts Schlechtes reden. Wenn seine Trauerzeit vorbei ist kann er froh sein! Nicht wahr Helmut?", spricht der Bauunternehmer seinen Geschäftspartner Wagner an.

"Na ja. Nach dem Unfall hat er sich die ganze Nacht im Schlachthaus eingeschlossen und Fleisch verwurstet. Er ließ Niemanden an sich heran. Niemand. Nicht mal seine Kinder. – Das Schlachthaus hat er danach nie wieder betreten. – Habe ich gehört."

In der dramatischen Stille hört man nur die Saunageräusche.

"Er muss es und wird es schon überwinden. Unternehmenslustig war er schon immer. Es wäre auch für mich schöner, wenn es nicht so passiert wäre. Unsere Familien haben immer viel zusammen gemacht. Sogar im Urlaub, an der Riviera waren wir oft."

"Ja, eine äußerst traurige Geschichte." Sagt der Bürgermeister.

"Da hörte ich aber was Anderes. Das habe ich nicht nur irgendwo gehört. Seine Trauerzeit besteht nur aus dem

Ausscheiden aus der Schlachterei. Und seine Frau war auch nicht ohne! Genauso wie ihr Mann. Sie hing nicht zu Haus herum, wenn er unterwegs war." Machwitz klang nicht zimperlich mit seiner Einmischung. Er gibt sein Wissen von sich, mit einem arroganten Unterton in seiner Stimme, als ob er sich um keine Höflichkeit, schere, in diesen Sekunden bar aller Empathie.

Aber, Herr Schwarzer wird hellhörig. Das sind für ihn ja ganz neue Aussichten. "Hatte sie tatsächlich einen Geliebten?", fragt er. Alle gucken ihn an.

"Na ja." Herr Brink setzt aber sofort das Bekanntgeben seines Wissens, das er vor einer Sekunde in die Runde schmeißen wollte, dann doch aus.

"Nun? Was na ja?" Herr Schwarzer setzt nach.

Herr Brink windet seinen nackten Oberkörper. "Ich weiß eigentlich nichts. Davon habe ich wohl nur gehört. Wahrscheinlich ist das ein Gerücht."

"Sie war oft allein unterwegs. Man weiß ja nie."

"Sie war ganz schön zickig und im Laden manchmal unhöflich!"

Auf einmal purzeln viele Gerüchte durch den heißen Raum.

"Nun ist aber gut!" Der Elektromeister erhebt seine Stimme: "Die arme Frau ist gerade mal vor einem halben Monat von uns gegangen. Einer sagt, man soll nichts Schlechtes reden und von der anderen Seite wird doch schlecht über sie gequatscht. Das ist das Allerletzte!"

"Wir haben doch nicht angefangen! Sie haben sich doch über die Presse beschwert", murrt Herr Brink. "Es ist doch wohl war, dass sie ihr eigenes Leben lebte."

Herr Schwarzer strahlt innerlich über diese Reaktion

mit einer sanften Andeutung. Er liebt Gerüchte. Vielleicht war doch etwas daran, dass Frau Berger mehr wusste, als bis jetzt in der Öffentlichkeit auftauchte und diese eine Andeutung in gewissen Maße für ihn eine reale Aussage bedeutet. Den Gesprächen hört er nur mit der Hälfte seiner Sinne. Neue Fakten um Frau Hemmler werden ihn wieder schnell dabei sein lassen.

So hört er den plätschernden Redereien zu, fast jeder steuert etwas Klatsch bei, er registriert nicht alle Wörter, sondern versucht nur dem Sinn zu folgen. Wäre Frau Berger nicht bei ihm gewesen: Würde es ihn weiter interessieren?

Es geht in der Hauptsache um die Zukunft der Firma Hemmler. Die alteingesessene Metzgerei bleibt im Familienbesitz. Sohn Markus, der sowieso schon mitarbeitete, übernahm mit seiner Familie die Fleischerei.

Die Tochter wird wohl ihre Arbeitsstelle in einem Schweizer Hotel verlassen. Sie übernimmt in naher Zukunft den Fuhrpark mit den Imbisswagen und gründet einen Catering–Service, was Herr Wagner als letztes Wissen preisgibt, um mit einem Seufzer zu enden.

"Party-Service", sagt Herr Brink.

Herr Wagner schaut ihn grimmig an.

"Der Alte wird wohl nur repräsentieren – oder Vertretungen machen."

"Einen Grillstand will er noch betreiben", sagt der Elektromeister: "Aus sozialen Gründen. Bei den örtlichen Vereinen. Als materielle Spende sozusagen."

"Wie kommt er denn in der Öffentlichkeit mit dem Unfall seiner Frau zurecht?", fragt irgendwann Herr

Schwarzer, der mit den Überlegungen um Frau Hemmler und Frau Berger, zwar aufgeweckt wurde, aber nicht weiterkommt und es wohl auch nicht will.
Der Elektromeister zuckt nur mit den Schultern.

6. Recherche mit Kohlkopf

Die mit sechs großen, grünen Köpfen gefüllte Horde zieht Herrn Schwarzers Blick auf sich. Diese Auslage, in der zentralen Lage unter der Markise, lacht ihn herzlich an, sodass er auf dem regennassen Gehweg stehenbleibt. Die Kohlzeit ist zeitlich weit entfernt, aber er spürt, nach dem freundlichen Lachen, dass ihm in diesem Moment möglicherweise innere Wärme ankündigt, den nassen Kragen an seinem Hals. Solch eine miese Woche im Sommer zeigt ihm, mit den Tagen im ekeligen Nieselregen und einer Temperatur weit unter dem normalen Monatsdurchschnitt, fühlbar den nächsten Herbst. Zwar kommen die Tage tatsächlich erst in ferner Zukunft, er fühlt sie aber schon und die Stunden auf dem Turnierplatz bescherten ihm, neben den feuchten Füßen, kalte Hände und die Hände lassen sich in keiner seiner Parka Taschen, obwohl er seine Mappe mit dem Ellenbogen an seinen Körper klemmt, mehr erwärmen.

Etwas Warmes! Kohleintopf mit Lammeinlage empfindet er nun konkret mit drei Worten. Die Mappe legt er auf den leeren Platz einiger schon verkaufter Granny Smith. Seine steifen Finger drückt er fest auf die glatten äußeren Blätter und zieht ihn heraus. Ohne, dass ihm der Kopf aus der Hand rutscht, packt er ihn in die rechte Armbeuge. Mit der Mappe in der linken zieht er die Ladentür auf.

Sein "Hallo" erreicht akustisch nicht die Bedienung hinter dem Tresen, der von der Schallwand einiger sich untereinander munter unterhaltender Kundinnen blockiert wird. Herr Schwarzer versucht mit kleinen

Schritten und ohne Worte, seinen Platz in der wohl möglichen Schlange zu entdecken.

"Woher kommt der Weißkohl?", fragt er, nachdem die Schlange sich durch die Tür hinaus vor ihm aufgelöst hat und ihn Frau Unrauh, den Kopf schräg haltend, an der Neigungstafelwaage vorbei ansieht.

"Aus Deutschland, Manfred! Kein Heimischer! Aber fast Regional! Aus Dithmarschen kommt der her! Aus ...", sie schaut aus dem Ladenfenster in die Richtung der Auslage, als ob sie von ihrem Standpunkt aus, an der entfernten Horde etwas Genaueres lesen könne.

"Den Kühlkammern sei Dank!", wird sie von Herrn Schwarzer, der seinen Kommentar lustig findet, unterbrochen.

Die Münzen fischt er passend aus seiner Börse, währenddessen überdenkt er den Einkauf: >der Kohlkopf wird mich dank der Kühlkammern bis zu meiner Wohnung beschäftigen<.

Er hat recht. Aufdringlich lässt ihn, auf dem Weg zur Ladentür, sein neuer dicker Begleiter ahnen, dass er als runde Gemüsekugel den Arm äußerst beansprucht wird. Das Umpacken seines Einkaufs ist noch nicht notwendig, er spürt jetzt das Gewicht nicht als Last. Aber ein Spitzkohl mit seiner Form würde sich in die Beuge schmiegen und besser mit Arm und Tasche harmonieren, überdenkt er einen Umtausch.

Bevor er irgendetwas, in diese Überlegungen hinein, zu entscheiden vermag, oder Zeit findet, die Tür zu öffnen, bewegt sie sich vor ihm mit einem schnell ausgeführten Schwung. Von außen tritt Ismael Ögut ein.

"Hallo Issmi." Herr Schwarzer freut sich und rechnet mit der erneuten Pause vor dem Heimgehen. Denn er und "Issmi" der Trainer der F-Jugend, erinnern sich gern an das Thema Fußball, seit der Zeit, als sie selbst zusammen in einer Mannschaft spielten.

"Meinst du, wir schaffen das?". Issmi stürzt sich sofort auf seinen Freund, den er für den kompetenten Fachmann von der Presse hält. Der weiß trotz dieser unbestimmten Frage, worauf sich sein Fußballfreund bezieht.

"Klar doch!", antwortet er.

"Ich komme gleich mit raus! Ich hole nur meine Bestellung ab", verlangt Ismael Ögut tatsächlich die Unterbrechung von Herrn Schwarzers Heimweg. Der wartet weiterhin am Eingang des Gemüseladens. Ihr Gesprächsthema wird gleich der erneute Einzug in das Achtelfinale des Bezirkspokals sein. Für die zwei ehemaligen Fußballer ist das kommende Spiel in der Lage, als unterhaltsame, gemeinsam gefühlte Vorfreude, ihren Unterhaltungsstoff rundum auszufüllen, sogar aufzublähen, dass nichts Anderes wichtig erscheint.

Aus dem hinteren Raum des Ladens hört Herr Schwarzer familiäres Gestreite. Er schaut nicht weiter zu seinem Bekannten, er dreht sich in die Richtung zur lauter werdenden Geräuschquelle. Die jüngste Tochter des Händlers, Herr Schwarzer sieht einen Geigenkasten unter ihrem Arm, stürmt mit gerötetem Gesicht in den Verkaufsraum. Ihr auf dem Fuß folgt Herr Unrauh. Er sieht aus, wie ein ärgerlich aussehender Vater aussehen kann.

Der Schwung der offensichtlich diskutierenden Familie, der anscheinend nach außen vor die Ladentür führen sollte, wird mittlerweile an der Tür, durch den Weg versperrenden Herrn Schwarzer, ohne dass er begrüßt wird, unterbrochen.

"Du hast zweimal in der Woche Unterricht in der Musikschule. Und dann die Stunden direkt in der Schule!", der Vater diskutiert, ohne die männliche Wegsperre zu beachten.

"Da spiele ich doch im Jugendorchester." Sie atmet tief ein: "Auch da muss ich üben!"

Der Vater ist still. Er verzieht den Mund, um ihn dann zu öffnen und durch ihn tief einzuatmen.

"Papa! - Der zusätzliche Unterricht ist wirklich die wichtigste Vorbereitung für den Aufnahmetest!", drängelt sie ihren Vater: "Und für das Jugendorchester bin ich schon lange gut genug!"

"Sind denn die Stunden in der Musikschule wirklich nicht genug?", hört Herr Schwarzer, in resignierendem Tonfall, aus seinem Mund.

Sie schüttelt den Kopf: "Frau Brandt hat mir den Zoltán empfohlen!" Sie spricht den Namen klar und flüssig aus: "Ihr kennt doch meine Fortschritte! Jeden Tag habt ihr das gehört."

"Ja. - Ja und jetzt?"

"Ich weiß auch nicht warum er ohne was zu sagen einfach weg ist!" Gleich fließen bei ihr die Tränen, denkt Herr Schwarzer.

"Unsere Tochter benötigt aber dieses Mehr an qualitativem Unterricht Vater!", wird das Mädchen jetzt laut durch die Mutter unterstützt. Sie legt durch Erhöhung der Lautstärke viel in die Befürwortung des diskutierten Wunsches. Die Kundenwünsche dagegen stellt sie offen zurück. Die Kunden, über die sie hinwegsprechend ihre Tochter unterstützt, werden dadurch, gezwungenermaßen, so wie Herr Schwarzer, stille Beobachter dieser Familiendiskussion.

"Und ich soll sie dann fahren! Zweimal die Woche 45 Minuten hin und auch zurück und in der Wartezeit darf ich dann noch nicht einmal ein Bier trinken."

Im Ohr von Herrn Schwarzer klingelt nach einiger Zeit der exotische Vorname: Zoltán

Ungarisch!

"Meint ihr etwa den Ungarn, den Herrn Zoltán Medgyessy aus dem Kurorchester?", mischt sich nun fragend Herr Schwarzer ein.

Der Gemüsehändler nickt: "Ja! Hallo Manfred! – Ein halbes Jahr, eigentlich schon länger hat er sie unterrichtet. Er soll ein richtiger Konzertmeister sein."

Die älteste Tochter der Familie betritt mit einem Kleinkind auf dem Arm aus den hinteren Räumen das Geschäft: "Was ist denn hier los?" Sie schaut erst auf die Familie und dann auf die vielen Zuhörer.

Niemand beachtet sie.

Der Gemüsehändler spricht weiter: "Der Geiger kaufte auch bei mir oft ein. Freitags kam er regelmäßig. Manchmal auch am Dienstag. – Ja, dienstags. - Dann war er oft mit einer älteren Frau zusammen, sie blieb allerdings auf der anderen Straßenseite stehen. – Ich glaube, er hat für sie gekocht. - Paprika kaufte er. Viel Paprika. Auch etwas Überreiferen. Für Letscho. - Weißen Spitzpaprika habe ich oft für ihn bestellt. Sehr oft."

"Wer?", fragt mit etwas schärferem Ton die ältere Tochter.

"Hannas Musiklehrer. Er ist wohl, ohne Jemanden was

zu erzählen, verschwunden. Es ist schade für Hanna. Einen Gleichwertigen gibt es angeblich erst in der Kreisstadt. - Und nicht hier in der Musikschule. Der Weg ist aber zeitraubend und die Lehrerin kostet erheblich mehr, als diese Aufbaustunden hier in der Musikschule."

"Tu das für deine Tochter." Sagt die Ältere.

"Siehst du, wir sind Alle dafür!", wendet erneut vom Tresen seine Frau ein.

"Ja Papa, siehst du", schmeichelt die Tochter.

Er grunzt und knurrt. Aber sehr leise. Er darf wohl nicht lauter, denkt Herr Schwarzer. Dann klinkt er sich in das Gespräch ein: "Und die Frau bei dem Musiker?" Alle schauen ihn an: "Die immer gegenüberstand?"

"Etwas pummelig sah sie aus. Sie ...". Dem Gemüsehändler scheint es recht zu sein, dass sich Herr Schwarzer wie der Bekannte, der er nicht nur als Kunde ist, einmischt. Er reagiert nicht weiter auf seine weiblichen Familienmitglieder und antwortet: "Sie hat sich meistens weggedreht."

"Wie? Weggedreht?"

"Wenn ich hingeschaut habe. - Als wolle sie nicht, dass sie gesehen wird."

"Kanntest du die Frau?", unterbricht ihn Herr Schwarzer.

"Ja! Aber nicht woher!"

Die Geigenspielerin mischt sich ein: "Ich habe immer in der Musikschule die Stunden gehabt. Manchmal auch im Probenraum des Orchesters. - Da war auch oft eine ältere Frau dabei."

"Ja, das stimmt! Die Beiden habe ich mehrmals gesehen. Ein merkwürdiges Pärchen. Wie ein Gigolo sah er an ihrer Seite aus."

"Schmierig."

"Ja, schwarz gekleidet. Wie auf einer Beerdigung", sagt dann auch noch Ismael Ögut.

Zuhause am Herd ist Herr Schwarzer tatsächlich über seine Bekanntheit froh, sodass manchmal von seinen Gegenübern alle Gesprächsrückhalte brechen und er immer wieder Neuigkeiten erfährt.

Er weiß nicht, warum er genauer der peinlichen Familiendiskussion folgte und was ihn dabei irgendwelche Probleme zu kümmern hätten, für die in dieser Familie der verschwundene Musiker sorgte. Denn verschwunden ist verschwunden.

Aber trotzdem hat er die Idee, sich in der Umgebung des Gemüseladens gelegentlich umzuhören oder sogar richtig nachzuforschen. Der Musiker und eine unbekannte ältere Frau. Herr Schwarzer fühlt sich wieder als Detektiv.

7. Wie Herr Schwarzer fliegende Lackschuhe sieht

Herr Schwarzer atmet schwer. Nicht nur, dass er das Gefühl auslebt verpflichtet zu sein, seine beiden leichtfüßigen Partner zu verfolgen, der Gedanke daran, den Höhenunterschied nach oben, ohne Fahrstuhl zu tätigen, liegt ihm nicht. Der Leiter der Einrichtung, Herr Richter, steigt mit kurz ausgeführten, schnell voreinander gesetzten Beinbewegungen voran. Er führt Frau Brauer, die Reporterin des lokalen Radiosenders und Herrn Schwarzer als Repräsentanten der Presse durch das Haus, ohne andere Türen zu durchschreiten, als die des Treppenhauses, um in dem, einige Etagen höher zu steigen, bis sie auf der obersten Plattform irgendwann das angekündigte Ziel erreichen.

Herr Schwarzer weiß dann doch nicht, in welchem Stockwerk sie ankommen, als er aus der letzten oberen Türöffnung, in der er die Bewegungen der Verfolgten wahrnimmt, von Herrn Richter ein lautes: "So!", hört. Er folgt dem Ruf, den letzten Treppenabsatz mit den 12 Stufen, die er zu seiner Ablenkung zählt und tritt hindurch. Dann steht er nach vier Schritten keuchend an der verwittert aussehenden steinernen Balustrade und legt seine Hände auf die sich sandig anfühlende Steinfläche.

"Diese Dachterrasse ist für die Bewohner noch gesperrt – aus Sicherheitsgründen – Ja!", erklärt Herr Richter. "Die Höhe. Die Höhe des Geländers muss optimiert werden. – Vorschriften!"

Er schweigt einige Momente, in denen Herr Schwarzer

laut seinen Atem hört. Dann beschreibt Herr Richter mit dem rechten Arm einen weiten Bogen, der auch das Gewusel des unter ihnen auf der Terrasse und Teilen des Parkes stattfindenden - Tag der offenen Tür – beinhaltet. Den Grund, warum der Leiter der Einrichtung mit der Presse auf dieser Dachterrasse steht.

"Ja!" Er holt tief Atem, wie um die frische Luft zu genießen: "Eigentlich betreiben wir hier einen riesengroßen Aufwand, um den Bewohnern dieses Stück Heimat – dieses Zuhause zu ermöglichen." Er blickt stolz, beide Hände flach auf die Brüstung gelegt: "Wir kooperieren deshalb mit der sozialen Einrichtung am Stutenhof."

Herr Richter seufzt befreit und schaut dann auf seine Gäste: "Wir haben zum Beispiel bei uns hier im Altbau räumliche Kapazitäten frei, die großen Waschräume sind optimal behindertengerecht eingerichtet. Vom Stutenhof werden die Fachkräfte eingesetzt, ähh – so wie, als eine Art ambulanter Pflegedienst - unsere Bewohner bei der Morgen – ähh - und Abendtoilette zu unterstützen. Das sind kurze Wege. Unsere Leute können dann von diesem immensen Pflegeaufwand befreit, optimiert den Tagesablauf strukturiert gestalten."

Es entsteht eine kleine Pause. Herr Schwarzer fängt sich als Erster. Sein Notizheft fliegt förmlich in seine Hand. Frau Bauer nestelt noch an einem Kabel und dreht an einem Schalter.

"Wie am Fließband wird die Morgenwäsche durch eine Putzkolonne durchgeführt? Das ist, - ", fragt Herr Schwarzer, es dauert einige Zeit bis er das Gesagte verinnerlicht hat, verdutzt und in einem ungewollt scharfen Ton nach. Die Möglichkeit, weiter zu denken verhindert seine alles blockierende Sprachlosigkeit.

"Nein! Nein! Denken sie nicht so. Die Würde der Bewohner wird bewahrt. Diese Ideen, diese Planung ... " Herr Richter würgt das Thema ab, er zeigt auf die Veranstaltung unter ihnen: "Kommen sie! Wir gehen jetzt hinunter auf die Terrasse – da haben wir den besten Überblick über unsere aktuellen Aktivitäten – sehen sie dort!" Er wischt mit einer Handbewegung über das sich unter ihnen befindende Sommerfest: "Unsere Feuerwehr steht dort mit dem Getränkestand, die Mannschaften unterstützen uns jedes Jahr – die Metzgerei Hemmler – ach ich sehe auch Herrn Hemmler – ähh – ja - Herr Hemmler unterstützt uns in diesem Jahr in außergewöhnlichem Maße."

Sie verlassen die Dachterrasse. Herr Schwarzer vermag den Beiden abwärts besser zu folgen als einige Minuten vorher während des Aufstieges. Herr Richter wirft den Reportern brockenweise Erklärungen über den Zustand des Hauses zu. Herr Schwarzer versucht, dem hastig Gesprochenen, gedanklich zu folgen, mit dem vorher Gesagten in seinen Überlegungen, dass er nicht vergessen hat, was anscheinend eine fehlende Würdigkeit der Bewohner beinhaltet.

Unten auf der Terrasse angekommen stoppt Herr Richter mit seinem Redefluss und fixiert, irritiert aussehend, den Würstchenstand. Das ihn begleitende Paar folgt seinem Blick, es sieht den Grillrauch leicht unter dem Dach der Bude hervorwehen und wie aus dem ein dicker Mann mit rotem Gesicht auf einige Menschen, vor denen er wie ein Leuchtturm steht,

94

einredet.

"Das ist Herr Hemmler, der uns dieses Jahr wieder in ungewöhnlichem Maße unterstützt!"

"Wie? In welchem Maße?", fragt Herr Schwarzer, während er erneut seinen Notizblock aufschlägt.

"Herr Hemmler stellt uns dieses Jahr einen kompletten Grillstand zur Ver - ... ." Herr Richter schweigt irritiert, als er sieht, dass Herr Hemmler die Tür des Grillstandes aufklappt und mit weit auseinander geschränkten Armen, so wie er jetzt für Herrn Schwarzer, von der Terrasse aus gesehen, offensichtlich den Grillstand verteidigt.

"Zur Verfügung stellt er ihn. Den Grillstand meine ich." Er wendet sich wieder seinen Besuchern zu: "Auch die komplette Menge der Würstchen mit allem Drum und Dran spendiert er dieses Jahr. Dieses Jahr gibt es eine Spezialität von ihm. Bärlauchbratwurst." Sagt er betont langsam: "Eine Spezialität von ihm", wiederum mit einem Blick auf den Grillstand.

Vom großen Tor her hört man die Blaskapelle. Sie spielt den Schneewalzer.

"Kommen sie! Kommen Sie!", sagt Herr Richter, indem er sich nun schnell zu den zwei Journalisten umdreht: "Wir begrüßen die Schützenkapelle!"

In diesem Moment trifft etwas den Rücken von Herrn Richter. Ein Schuh kam in hohem Bogen über die Brüstung der Terrasse geflogen.

"He!", schreit Herr Richter: "Was soll das denn?", schimpft er, während er sich umdreht.

Herr Schwarzer hebt schon den Schuh auf. Es ist ein Lackschuh. Fast neu aussehend. Irgendetwas klingelt bei Herrn Schwarzer. Seine Augen folgen dem Finger in das

Innere des Schuhes. Er sieht auf der schmuddeligen Innenseite eine ausländische Marke, trotz der sichtbaren Abnutzungserscheinungen, sticht die Prägung der Firma Lazlo Voss hervor.

"Stefan!", ruft Herr Richter in die Richtung des Bewohners, der auf der obersten Stufe der Terrasse steht, von dem anscheinend der Schuh geflogen kam.

Der Stefan hört nicht. Er stößt schimpfend seinen zweiten Fuß nach vorn, sodass der nächste Schuh in weitem Bogen wiederum über die Brüstung der Terrasse fliegt. Er verfehlt die Gruppe, weil sie alle zur Seite springen.

"Die Schuhe sind ihm, glaub ich, zu groß. - Herr Richter!", ruft Entschuldigung heischend, mit rot angelaufenen Gesicht eine Angestellte ihrem Chef zu.

Herr Schwarzer geht ein paar Schritte und hebt den zweiten Schuh auf. "Wo hat er Die her?", fragt er in den Kreis der ihn umgebenden Leute. Niemand antwortet. "Wo hat er die Schuhe her?", fragt er noch einmal in die Runde.

"Wo hat er die Schuhe her?" Herr Schwarzer greift der Helferin an den Arm: "Frau Brink!", liest er den Namen auf dem Namensschild laut vor: "Frau Brink! Von wem hat der Stefan die Schuhe?"

Frau Brink reagiert gereizt: "Weiß ich nicht. - Gespendet wahrscheinlich – wie die meiste Kleidung."

"Von wem? - Von wem gespendet?"

Die Antwort zeigt ihm Frau Brink mit einem Blick auf den Bratwurststand.

Herr Schwarzer ahnt einen wirklich absurden Zusammenhang mit den Schuhen und einem vermissten Künstler: "Ein Musiker", sagt er laut.

"Ein Musiker ist der Künstler! Sie haben Recht Frau Berger", sagt er fast schreiend.
"Wie bitte?", fragt die Frau vom Radio.

8. Wie Herr Schwarzer einen verlorengegangenen Musiker wiederfindet

Vor dem Gebäude beginnt die Schützenkapelle mit dem Vortrag ihres zweiten Programmteiles. Es wird lauter für Herrn Schwarzer. Die Pfeifer vor ihm übertönen sogar die Trommler und er hat dass Gefühl, das er ebenso Aufstellung für das Platzkonzert nimmt, wie es die Kapelle ihm vorführte. Drei weitere Stücke werden sie nun spielen. Er weiß, danach genießen die Musiker eine kleine Pause an dem Bierstand, um dabei mit einer wohltuenden Ruhe für weitere Unterhaltungen der Gäste untereinander zu sorgen.

Herr Richter streitet sich mit Frau Brink. Sie links und ihr Chef an der rechten Seite ziehen den widerstrebenden, auf Socken laufenden, Stefan in das Gebäude.

Herr Schwarzer winkt mit den Lackschuhen hinterher. Er will immer noch wissen, ob seine Vermutung irgendwie stimmt, ob es jemand weiß, was für ein Zusammenhang sich ihm hier offenbart und klemmt das Paar unter den linken Arm.

Mit seinen wirren Gedanken fühlt sich Herr Schwarzer allein gelassen. Er dreht sich um. Die Kollegin vom Radio hantiert am Stand mit der Keramik an den Kabeln ihres Tonbandes. Ihr mehrmals auf die lärmenden Musiker fallender Blick zeigt Ungeduld.

Herr Schwarzer empfindet die Aktion der Musiker nun auch als Lärm. Er versucht, einen Überblick über das Geschehnis um ihn herum zu behalten. Erst wird er sich um seine Arbeit kümmern, die sich in diesen Momenten schwammig, unerklärbar umfangreich erweiterte.

Die Reihenfolge der Musiktitel, die ihm aus etlichen Aufführungen her bekannt ist, will er trotzdem in seine Kladde schreiben. Ein Schuh fällt ihm dabei hinunter. Beim Aufheben sucht er mit seinen Blicken noch hoffnungsvoll, in der nahen Umgebung nach Abnehmer des Paares und vor allem verlangt er nach der Bestätigung seiner Ahnung.

Herr Richter mit der Angestellten und dem Stefan sind nicht mehr zu sehen. Die Radioreporterin hält sich das linke Ohr zu und hält der jungen Dame vom Verkaufsstand das Mikrofon vor deren Gesicht.

Endlich entschließt sich Herr Schwarzer erst einmal für den Eintrag in seine Kladde. Er setzt den Stift an. Nicht einen Strich vermag er, wegen einer erneuten Störung auf das Papier zu bringen.

"Tumult!", denkt er. "Endlich was los", wünscht er sich. Es sieht tatsächlich nach einem Tumult aus, als er zur neu erschienen Lärmquelle, hinschaut.

Der Metzger scheucht seine beiden Grillhelferinnen hinaus aus dem Grillstand. In grobem Ton und ebenso mit den ausgebreiteten Armen, drückt er sie nacheinander durch die schmale Klappenöffnung: "Haut ab! Haut ab."

Die Klappe fällt mit einem Knall hinunter: "Ihr kriegt nichts mehr!", schreit der Metzger in die ihn anschauende Menge, zu der sich jetzt auch Herr Schwarzer voller Neugierde gesellt hat: "Die sind nicht gut!"

"Das is ja was!", sagt ein Mann mit empört rotem Gesicht, als Herr Schwarzer nach etwas Drängeln vor dem Stand steht.

"Was denn?", fragt Herr Schwarzer den Mann, dessen Gesicht, mit einer Mimik, die zu einem Sprachlos passen würde, ihm aus seiner eigenen Nachbarschaft bekannt vorkommt. Er erinnert sich sofort an den Namen: "Was ist denn passiert Herr Möller?"

"Ich wollte eine Wurst." Er stellt sich vor Herrn Schwarzer hin, schaut ihn an, dann dreht er seinen Kopf wieder Richtung Grillstand: "Der frisst seine Würste und kotzt sie wieder aus. Mitten auf den Grill."

Herr Schwarzer beugt sich zur rechten Seite, um an Herrn Möller vorbeizuschauen.

"Das ist nicht zu fassen", führt Herr Möller das Gespräch fort, sein Kopfschütteln vermag er nicht beenden: "Der spinnt! Den sollte man wegsperren!"

Herr Schwarzer vermag in der letzten Aussage, mit seinem Blick auf den Stand selbst nichts zu erkennen.

"Schreiben sie das mal Herr Schwarzer! So was habe ich noch nie gesehen." Herr Möller würde nicht enden wollen, aber der Angesprochene tritt neugierig an dem Empörten vorbei, direkt an die Tresenplatte der Würstchenbude.

"Hallo Herr Hemmler."

Der Angesprochene reagiert nicht auf die Anrede. In der rechten Hand hält er wie ein Ritterschwert eine riesige edelstahlblinkende Grillzange, in der linken Hand führt er einen Pappbecher an seinen Mund.

"Herr Hemmler." Herr Schwarzer spricht etwas lauter: "Herr Hemmler – Mein Name ist -."

"Was Iss denn?" Der Pappbecher, der trotz seiner großen Inhaltsmenge klein in der Hand von Herrn Hemmler aussieht, als er ihn vom Mund nimmt, lässt eine gelbliche, etwas schaumige Flüssigkeit herausschwappen. Seine Augen sehen dunkel aus, die Lider sind stärker gerötet als sein Gesicht, wie Herr Schwarzer sieht und er meint das er böse und sogar wütend angesehen wird. Trotz der aggressiven Abwehr, die ihn aus der Grillbude heraus empfängt, drückt er sich noch näher an die Platte heran.

Herr Hemmlers Blick ändert blitzartig seine Richtung. Urplötzlich starrt er auf das Schuhpaar unter Herrn Schwarzers Arm. Die Farbe seines Gesichtes wird schlagartig noch röter. Der offene Mund soll wohl Worte ausstoßen, die aber nur als dumpfe Töne hervorgewürgt werden.

"Kennen sie die Schuhe?", fragt Herr Schwarzer, indem er das Paar in Brusthöhe präsentiert.

Herr Hemmler stiert mit scheinbar weiter heraustretenden Augen. Herr Schwarzer hat die Befürchtung, dass der Mann platzt, bringt ihm trotzdem die Schuhe näher an seine Augen, indem er das Paar an den inneren Rand der Barriere stellt. Herr Hemmler macht einen Satz aus dem Stand, springt dadurch heran, schnappt mit der rechten Hand nach den Schuhen, kann aber, weil er die Grillzange immer noch festhält, nur einen fassen, den anderen behält Herr Schwarzer in der Hand. Seine Gedanken kreisen um die Schuhe, Herrn Hemmlers Auftritt und um irgendetwas noch nicht Ausgesprochenes. Herr Schwarzer ist verwirrt.

"Darf ich ein Foto von ihnen machen?", fragt er hilflos.

"Lassen sie mich in Ruhe!", schreit Herr Hemmler zurück.

Mittlerweile stehen beide als Hauptakteure inmitten einer Traube Zuhörender, die sich aber, einen mehr als einen Meter breiten Zwischenraum zwischen den beiden miteinander Sprechenden freihalten.

Herr Schwarzer drückt seinen Bauch an die Umrandung des Standes. Er steht dem wütenden Mann so nahe, die Nähe spürt auch der Mann, glaubt Herr Schwarzer, denn er sieht, wie ihn rotumrandete, traurig blickende Augen, die sich mit Flüssigkeit füllen, hilfesuchend anschauen.

"Was ist denn passiert?"

Herr Hemmler schluchzt.

"So ...". Herr Schwarzer wird unterbrochen.

"Beim Kochschinken machen – sie sagte mir – ein Geliebter – ach meine Gitti! – ich war wütend." Er spricht Herrn Schwarzer direkt an: "Sie wollte sich vor mir verstecken! Vor mir."

"Im Kühlraum!", folgert Herr Schwarzer.

"Im Kühlraum! Vor Mir!", schreit Herr Hemmler den Reporter an: "Sie ist schuld – Selber - Wollte nicht das sie stürzt."

Die Bratwürstchen sehen mittlerweile verbrannt aus. Es riecht nach verkohlter Fleischkruste, Knoblauch und süßsaurem Fusel. Fettiger Rauch steigt vom Grill auf und umweht den Metzger. Herr Hemmler dreht sich um und seufzt resigniert.

"Eigentlich hätte ich ja ungarische Salami aus ihm machen sollen. Scheiße! Das Schwein kam ja um sie zu suchen – da habe ich ihn erwischt." Er schnieft, in den Nasenlöchern zeigt sich ein wenig Schleim: "Salami hätte besser gepasst als was Gutes mit Bärlauch."

Mit dem rechten Handrücken wischt er sich etwas, genau kann man es nicht sehen, weil die kräftigen Hände noch immer den Schuh, den Pappbecher und die

Grillzange festhalten, erst links und dann rechts aus den Augenhöhlen: "Aber ich hatte so viel Bärlauch." Er blickt auf die mittlerweile kohlenden Würstchen und schüttelt sich: "Gut gewürzt habe ich ihn schon."

Den Schuh wirft er und dann die Grillzange auf den Grillrost. Der wackelt heftig und reagiert mit einer gewaltigen Rauch – und Aschewolke. "Da hast du Scheißkerl deinen Schuh - das Bärlauch ist viel zu schade für dich, du Arschloch."

"Was?" Herr Schwarzer versteht nur langsam. Jetzt wird er bleich im Gesicht. Irgendetwas in seiner Magengegend wird warm. Er beginnt zu würgen. Einige Momente stiert er fassungslos auf den Metzger, um schnell diese Zusammenhänge, so wie er sie eben hörte und verstand, als Ganzes zu realisieren.

"Ist da der Geiger drin?", fragt Herr Schwarzer automatisch. Leise stellt er die Frage.

Herr Hemmler seufzt erleichtert, er schaut Herrn Schwarzer an und versucht erneut aus dem mittlerweile leeren Pappbecher zu trinken.

"Nichts passt mehr ... ." Er wirft den Becher auf den Boden: "... ich hatte doch keine Zeit mehr", brabbelt er dann weiter: "Ach Gittchen es tut mir so leid."

Herr Hemmler blickt jetzt mit einem weinerlichen Ausdruck in seinem Gesicht auf die Zuhörer, von denen Herr Schwarzer mit einer offenen Neugierde der einzige Eingeweihte zu sein scheint: "Dieser Scheißkerl wollte mir Gitti wegnehmen", beschwört er sein Gegenüber, als sie sich in die Augen schauen: "Das passt doch alles nicht mehr."

Herr Schwarzer schüttelt sich. Er stellt den Schuh auf den Tisch, nimmt ihn aber wieder an sich, klemmt ihn unter seinen linken Arm, geht vorsichtshalber einen Schritt vom Stand hinweg, dreht sich um, sucht aufgeregt nach seinem Handy und überlegt, ob er zuerst die Polizei, oder die Redaktion anruft. Im Stand ist es einen Augenblick still. Dann ertönt ein leises Singen: "Warte, warte nur ein Weilchen -"

Es wird lauter und zur Unterstützung des Gesanges fliegen verkohlte Würste in die johlende, kleine Zuschauermenge. Herr Schwarzer hat sein Mobilphone in der Hand.

" - bald kommt Hermann auch zu Dir -"

Er versucht, nicht mehr hinzuhören, zieht den Kopf ein, blättert im Telefonverzeichnis hinunter und drückt, als sie erscheint, auf die Festnetznummer seines alten Studienkollegen.

" – mit dem Hackebeilchen –"

Die Nummer des Studienkollegen, der als Redakteur einen am Fenster gelegenen, beneidenswerten Schreibtisch besetzt, in dem großen Büro in der Landeshauptstadt.